ラルーナ文庫

無頼アルファ皇子と替え玉妃は子だくさん

墨谷佐和

三交社

CONTENTS

Illustration

タカツキノボル

無頼アルファ皇子と替え玉妃は子だくさん

本作品はフィクションです。
実際の人物・団体・事件などにはいっさい関係ありません。

1

春柳――シュンリュウ。

川べりの柳の木が、春風に揺れている。枝はしなやかに風を受け、葉はさやさやとそよいでいる。大陸の東部を占める、歴史ある呉国《ウーこく》にゆっくりと春が訪れていた。シュンリュウは、さらに国の東にある、センの村に住んでいる。

二十歳《はたち》になったばかりのシュンリュウは青い空を仰いで胸いっぱいに澄んだ空気を吸い込み、世界に挨拶《あいさつ》をした。

「おはよう！」

シュンリュウの名は春の柳から名づけられたという。たおやかに風を受けながら人生を歩むという意味を込めて――女性にも通用する名前だが、シュンリュウはとても美しい赤子だったというから、その名も良きとされたのだろう。名づけてくれたのは父だというが、シュンリュウは父の顔を知らず、優しい母とともに、貧しいながらも穏やかな日々を暮らしていた。だが、ともに畑仕事をし、文字の読み書きも教えてくれた母、ユイレンは数年前から胸を病み、ずっと床《とこ》についている。

「ごめんね……あなたばかりに苦労させて」

「なに言ってるの。僕のことは気にしないで。もっと働いて、良いお医者さまに診《み》てもらえるようにするからね」

咳《せき》をしながら涙ぐむ母にシュンリュウは明るく笑いかける。

だが実際は、町で野菜を売り、村長の家で下働きもしているが、わずかな日銭は診療代と薬代に消え、足らない分は積もっていくばかりだ。できれば施療院に入れて……と思うが、金銭的にとても無理な状態だった。

それでもシュンリュウは母を励ましながら、健気《けなげ》に生きていた。がんばっていたらきっといいことがあると信じて。明るく優しい性格は、出会った人を思わず笑顔にする。奉公先の子どもたちにも、とても慕われていた。

今日は隣の大きな町、ケイに野菜を売りに行く日だ。シュンリュウは母にかゆをこしらえ、まだ朝露の残る畑へと出ていった。

「瑞々《みずみず》しいなあ。今日は良い菜がたくさん採れた」

艶《つや》やかな黒髪を木綿の布でまとめ、手は畑仕事で荒れているが、顔は日焼けすることなく陶器のように滑らかで、唇は桃の花の如《ごと》く。色の褪《あ》せた麻の服を着てはいても、その名の通り春の柳のような美しさは損なわれない。シュンリュウの美しさは、ここセンの村ではもちろん、隣のケイの町にも届いているほどだ。

（全部売れるといいな。いや、売らなきゃ。そうしたらそのまま薬代を払いに行って……）

だが、それでも滞った代金はまかなえない。またもう少し待ってもらえるようにお願いしなければ。

──儂《わし》のものとなり、店で働けば良い暮らしをさせてやろう。おまえの母親の薬代も面倒をみてやるぞ。

ふっと、ケイで一番の男娼館《だんしょうかん》の主人、ヨウゲンの言葉が蘇《よみがえ》る。シュンリュウは首を振り、その声を耳から追い出した。

ヨウゲンだけではない。シュンリュウは銅男子《どうだんし》──男オメガを愛好する者たちにしつこく言い寄られているが、身を売ることだけはしないと決めていた。シュンリュウは収穫した野菜をカゴに入れて勢いよく背負った。そして、しゃんと背を伸ばす。

「さあ、行こう！　あっ」

畑の端に植えた時なしの蜜柑《みかん》の樹に、この春一番に成った実たちが枝をたゆませている。

「美味《おい》しそうに熟れてる！」

シュンリュウは黄金色に輝くそのひとつを手に取った。なぜだろう。とてもいいことがあるような気がしたのだった。


この世では、男女の二つの性が、さらに三性に分かれている。

金（アルファ）、銀（ベータ）、銅（オメガ）、つまり厳密に言えば六つの性が存在することになる。すべてに優れているという金の男女、何においても平均的だが、努力次第で道も拓《ひら》ける銀の男女、発情期があるために、獣のようだと何かと蔑《ないがし》ろにされる銅の男女。

――そして、銅の男は男ながらに子を孕《はら》む。

しかも、金の男と交われば、金の男子を産むことが多い。加えて銅の男との交わりは、金や銀の男たちにめくるめく快感をもたらすとして、身分の高い者にも、平民にも性的な需要が多かった。

だが、その呼び方はあまりにもあからさまであるとして、いつしか西の大陸のように『アルファ』『ベータ』『オメガ』と呼ぶことが広まっていった。

シュンリュウは男オメガだ。

加えてその美貌《びぼう》、しなやかな身体《からだ》つき。男たちに目をつけられて、かどわかされそうになったり、あの男娼館の主人のように言い寄ってくる者たちもいるので、出かける時、シュンリュウは黒い布で顔を隠していた。ウーの西隣の大国、黄《ファン》を越えた、大河を挟んでさらに西にある国から流れてくる女たちはみな、このように顔を隠している。だから、そうすることで却《かえ》って目立つということはなかった。

ケイはウー国一の大きな港町で、いつも賑《にぎ》わっている。市場にはイキのいい魚や新鮮な野菜、果実、花々、塩をした獣の肉、煌《きら》びやかな衣、めずらしい外国の品々も並び、売り買いする者たちの威勢のよい声が飛び交って、すごい活気だ。

その市場の隅に敷物を広げ、シュンリュウはカゴを下ろして野菜を並べた。

「おはようさん」

「おはようございます」

隣で穀類を売る中年の女性といつものように挨拶を交わす。

「これ、少しだけど持って帰りなよ」

女性は、ぽんと小さな包みを放って寄越した。シュンリュウは、わっ！　と慌てて両手で受け取る。中に入っていたのはヒエとアワの団子だった。シュンリュウは顔を輝かせる。

「ありがとうございます！　おばさん！」

「おっかさんの具合、どうだい？　ちょっとは食べ物の足しになればと思ってね」

屈託のないシュンリュウの喜びように、女性は嬉《うれ》しそうだ。実際、食べ物を分けてもらえるのはとてもありがたかった。

「はい。温かくなればと思っていたんですけど、今も咳が辛《つら》そうで……」

市場で会うだけの顔見知りだが、こんなふうに弱音を吐けるのはほっとする。だが、だんだんその思いに流されそうになってしまうので、シュンリュウは黒い布の後ろで唇をきゅっと引き結んだ。

「でも、いつもより食べられるようになってきたんですよ」

布で覆った顔の向こうでも、それが笑顔であることはわかるようだ。女性は目を細め、ふと涙ぐむ。

「ど、どうしたんですか？　おばさん」

「いや、あのさ、健気だなと思ってね。貧しいなりをしていても丁寧な言葉遣いや物腰、あんたはきっといいところの出なんだろうにって思ってね」

手の甲で涙をごしごし拭《ぬぐ》い、女性は続ける。

「ほら、実は天子さまの落とし胤《だね》とかさ、あるじゃないか」

「僕の母はお金持ちのお屋敷で下働きをしていたそうですよ。そんな話聞いたこともないです！」

シュンリュウは笑う。身なりにしては言葉遣いが丁寧だと言われることはめずらしいことではない。だが子どもの頃は、村の子どもたちに『気取りやがって』と言われ、爪弾《つまはじ》きにされたものだ。

「でも、あんたの母さんは思うところあって、あんたをそうやって育てたんだろうね。どっちにしてもありがたいことだよ。大事にしてやんなよ」

「はい！」

明るく返事をしたら、ちょうどお客さんがやってきて、お互いに喋《しゃべ》っていられないような状況になってきた。

「いい青菜だねえ。二束もらうよ」

「ありがとうございます！」

シュンリュウの売る野菜は新鮮で瑞々しく、人気がある。顔を隠していても愛想良いので、それも手伝って、ほぼ売り切ることができるのだが、ひとりで作っているために数が少なく、市場に払うみかじめ料もあって、残ったもうけはスズメの涙だ。

（でも、ほとんど売れるんだからありがたい。これもみんな、土や水や太陽のおかげなん

だ）

　そう教えてくれたのは母だ。また母と畑ができるようになればいい。それが今のシュンリュウの望みだった。

　もっと美しい衣装が欲しいとか、大きな家に住みたいとか、そして、優しくてお金持ちのアルファに娶《めと》られたいとか……自分のために何かを望んだことはなかった。求めるのは母との穏やかな暮らし。それだけなのだ。

　ただ、数年前から始まった発情期が辛くて、オメガに生まれたくなかった……と思ってしまうことはある。発情を抑える薬よりも、母の薬を優先させたからだ。疼《うず》く身体を持て余し、下半身を冷たい布で冷やして、懸命に時が過ぎるのを待った——。

『発情の匂《にお》いが外に漏れて、何かあったらどうするの』

　あの時はあとで母に叱《しか》られ（母もオメガだ）それからは最も安い薬を飲んでいる。効き目もそれなりで、完全に身体の熱を抑えることはできないが、飲まないよりはましだった。

　さて、敷物の上に残ったのは時なしの蜜柑が一個。そろそろ店じまいをしようと、売上金を懐にしまった時だった。

「ネギはあるかい？」

　野太い男の声が屈《かが》んだ頭の上から聞こえた。シュンリュウは顔を上げる。

「申しわけありません。今日は全部売り切れてしま……」

「よう、シュンリュウ」

シュンリュウは言葉を失った。そこにいたのは、派手な赤い上衣を着た男娼館の主人と、その取り巻きだったのだ。

「最近見かけないと思ったら、こんなところに移動してやがって」

そうなのだ。以前いた市場はもっと村からも近かったのだが、彼らに目をつけられてしまい、執拗《しつよう》に言い寄ってくるので場所を変えたのだ。それまでも、連れ去られそうになって騒ぎになり、市場を出禁になってしまったこともあった。

「いい加減にウチのものになれよ。そうしたらこんなふうに逃げ回ることもないんだぜ？」

主人は顎《あご》の下に蓄えたひげを触りながら言う。ぎらぎらと脂ぎった顔で、いやらしく笑う。

「ぼ、僕はあなたの許《もと》には行きません！」

「おまえほどの男娼ならすぐにいい客がついて、豪勢な暮らしができる。何人も相手をするのが嫌なら俺が買ってやろうって言ってるじゃねえか、なあ」

周囲を取り巻きの者たちに囲まれて逃げ場がなくなり、シュンリュウは手首を主人に捉《とら》えられてしまった。

「うんと可愛《かわい》がってやるからよ」

主人は猫なで声でシュンリュウの手を引き寄せ、腰を抱こうとする。

「やめてくださいっ！　誰《だれ》か……！」

「人を呼べば、ここにもいられなくしてやるぞ？」

主人はねっとりとシュンリュウの首筋に顔を寄せてくる。シュンリュウは必死に抗《あらが》ったが、もう少しで舌が肌に届きそうだ。男の体臭にも吐きそうになる。近くの市の者たちも、巻き込まれるのが嫌なのだろう。そそくさと帰り支度を始めたり、見ないふりをしている。

（くっ……っ）

シュンリュウは血が出そうなほどに唇を噛《か》みしめ、顔を背ける。アワ団子をくれた穀物売りのおばさんが早々に店じまいをしていてよかったとシュンリュウは思った。親切にしてくれた人に迷惑をかけずに済んだ……。

「頑固なやつだな。ウチに来るか、俺のものになったら、おっかさんの薬代も出してやるって言ってんのによ」

それだって、信じることはできない。それに、この主人の店も、彼自身の性癖も異常だと聞いている。甘い言葉を囁《ささや》こうが、要は性の玩具《おもちゃ》にされるのだ。

嫌だ、この男に身体を好きにされるなんて……！　シュンリュウは懸命に力を振り絞った。男に対する嫌悪感で、一瞬、信じられないほどの力が湧《わ》いたのだ。

「嫌です！」

シュンリュウは思い切り、男の膝《ひざ》を蹴《け》り上げた。だが、それもまた一瞬、シュンリュウは怒った男に地面に組み伏せられてしまった。

「人が優しくでてりゃこの野郎！　今日こそこのまま連れ帰って……えっ、なんだ、い、いてえ……っ！」

ヨウゲンは顔を歪《ゆが》め、しきりに痛みを訴えている。シュンリュウは彼の肩越しに、ヨウゲンの腕がねじ上げられているのを見た。

「いい加減にしなよ、ダンナ」

涼やかだがズンと響く美声がヨウゲンを戒める。シュンリュウはその隙《すき》にヨウゲンから逃れたが、次の瞬間、ヨウゲンを締め上げている男の胸に庇《かば》われた。

（えっ……？）

「い、いてて、離しやがれこの野郎……っ」

美声の男は、立ち上がりながらヨウゲンの腕を離す。だが、痛みは相当なものなのだろう。ヨウゲンはみっともなく屈んだまま、それでも虚勢を張って、取り巻きの者たちに命令した。

「何してやがる！　早くこいつをやっちまえ！　シュンリュウには傷をつけるなよ！」

彼の登場に驚いていた取り巻きの者たちが、一気に摑《つか》みかかってくる。剣を抜いてくる者もいた。多勢に無勢だ。だがシュンリュウは、彼がまるでハエを払うかのように取り巻きたちを倒していくさまを、彼の胸に庇われながら見ていた。

（な、なんてすごい体術！）

「自分より体格の小さな者を襲うなどもっての他だ」

脚や腕を使いながら、落ちていた棒きれ一本を武器に、男はシュンリュウを庇ったまま、ひらりと舞うように戦う。

「畜生、お、覚えてやがれ！」

「いや、あいにく俺は忘れっぽいんでね」

息も乱していない彼に悪態をつきながら、ヨウゲンとその取り巻きたちは負け犬の遠吠《とおぼ》えを吐いて、その場を逃げ去っていった。

「あ、あの……」

シュンリュウは自分がまだ彼に寄り添っていることも忘れ、なんとか礼を言おうとした。

だが、すでにシュンリュウの目と心は彼に惹《ひ》きつけられてしまっていた。

きっとアルファに違いない立派な体軀《たいく》に、無造作に括《くく》られた黒髪。だが、なんという男らしい美貌だろう。きりっとした眉《まゆ》に、まなじりの上がった黒い目、続く鼻梁《びりょう》や唇は完璧《かんぺき》なかたちを描いている。だが、はっきりと言葉を発するその唇は大きく開かれ、これほどの美形でありながら、気さくな感じを醸している。

（笑うと素敵だろうなあ……）

礼を言わねばならないのに、何を考えているんだ僕は。そう思ったそばから、彼はシュンリュウに優しく明るい笑顔を向けてきた。

「怪我《けが》はないか？」

「は、はい。大丈夫です」

向けられた笑顔の素敵なことといったら……！

爽《さわ》やかで、明るくて、まるで春のひだまりのような温かさを感じさせる。だが、一本、凛《りん》とした筋が通っているのだった。覆った布の下で、シュンリュウは頬《ほお》が染まるのを感じた。それでも懸命に礼を口にする。

「助けていただいて、本当にありがとうございました」

懸命すぎて噛んでしまったが、男の笑顔は変わらない……が、ふと彼は眉間《みけん》を険しくした。

「いつも絡まれているのか？」

「は、はい。時々……」

また今回もこの市場を去らねばならないだろうな……村からは遠いけれど、活気があっていい市場だったのに。男に見蕩《みと》れながらもシュンリュウはしゅんとしてしまった。

「そうか、それはけしからんことだな」

彼の答えはひとりごとのようだったが、シュンリュウは「はい」と答えた。

「そのために顔も隠さねばならんとは」

「えっ？」

不意にそんなことを言われたので、ふわふわしていたシュンリュウの胸はどきんと大きく鳴った。そんなことまでわかるんだ。この御方は……。

「も、申しわけありません。助けていただいておきながらこのように顔を隠して……」

慌てて布を取ろうとしたが、男の手がそっと制した。

「そのままでいい。残党などが見ていたら大変だ。俺があんたの顔を見られないのは残念だが」

初心《うぶ》なシュンリュウでさえわかる、口説き文句のようなその言葉……彼は冗談で言ったのだろうが、シュンリュウは胸の鼓動が聞こえてしまうのではないかと思うほどにときめいてしまった。

(こんなにどきどきするのは初めて……)

いっぱいいっぱいになっているシュンリュウの隣で、彼は爽やかに笑う。

「では、俺はもう行くよ。送っていってやりたいが船の時間があるからな。乗りそこねたら野宿だ。別にそれも一興だが」

それは送っていってもいいという意味なのだろうか。男にそんなふうに言われたことのない初心なシュンリュウには想像もつかない。いや、いつも男には注意していたというのに、気が緩んでいるとしか思えない。

「そんな、とんでもない……僕は大丈夫です。船の方が大事です!」

一気に言い切って、シュンリュウは急に恥ずかしくなってしまった。彼は笑っている。でも、もう少し、もう少しだけ話がしたい……シュンリュウはおずおずと訊《たず》ねた。

「旅をされているのですか」

「まあ、そんなものだ」

「そうだ、あ、あの、何かお礼を……」

言ってしまってから後悔した。今の自分のどこに、お礼できるようなものがあるというのか。

「礼なんてそんなものいいから。悪い輩《やから》を追い払うのは当然のことだ」

「で、でも」

（だから、お礼なんでできないんだってば！）

心の中であたふたする。その時、敷物の上に転がっていた蜜柑が目に入った。シュンリュウは蜜柑を拾い上げ、布でごしごし擦《こす》ってから両手で彼に差し出した。

「こっ、こんなものしかありませんが、もらってください！」

一生懸命なのと恥ずかしいのとで、身体中から汗が噴き出しそうだった。だが、彼は目を輝かせる。

「喉《のど》が渇いたから、ちょうど買って帰ろうかと思ってたところなんだ」

「そんな、お代などいただけません。どうかもらってください！」

すると、彼は柔らかく微笑《ほほえ》んだ。

「じゃあ、ありがたくいただくよ。とてもきれいな色だな。囓《かじ》るのがもったいないくらいだ」

「そ、そんなふうに言っていただいて、ありがとうございます！」

そうして彼は踵《きびす》を返し、「じゃあな」と振り向いて歩き出した。蜜柑を掲げ、陽に透かしている。

（お名前、訊《き》けばよかった……）

訊いてどうなることも、どうすることもできないのに、そんなことを思ってしまう。これから蜜柑を見るたびにあの人のことを思い出してしまいそう……。

胸はまだどきどきと鳴り続けている。彼の姿が雑踏に紛れて見えなくなっても、シュンリュウはその方向を見つめ続けていた。

それから何日か経っても、シュンリュウは彼のことが忘れられないでいた。ふわふわと胸を過《よぎ》る柔らかな思い……かと思うと、急に胸が熱くなるのだ。シュンリュウは頬を染める。母のために蜜柑を剝《む》いていたのだが、それだけでも舞い上がってしまいそうなのだ。

「何かあったの？」

母親にもそう訊かれたほどだ。

「えっ、なんで？」

「とても幸せそうだから」

「えっ、そ、そう？」

「恋でもした？」

「ええっ！」

恋……僕はあの御方に恋をしているの？　ふわふわした思いが甘い痛みに変わる。

（そんな……たった一度お会いしただけなのに？）

シュンリュウの気持ちを読み取ったのか、母は昔語りをするような目で言い添えた。

「恋におちるのは一瞬の時もあるというわ。もちろん、育まれていく恋も素敵だけれど」

「そ、そうなの？」

母は優しくうなずいた。

「あなたに幸せな恋が訪れますように」

2

母が言ったように、これは恋なのかもしれない。

シュンリュウはそれからもしばらく彼のことを思っていた。記憶というものは時間とともに薄れていくものなのに、彼の笑った顔、颯爽《さっそう》とした後ろ姿をありありと思い出すことができるのだ。そんな時、ずくんと下腹の方が疼くこともあった。

（発情の時みたい……）

自分ではどうにもできない、あの淫《みだ》らな状態を思うと、薬もほとんどないこともあって不安になる。できれば発情なんて来てほしくない。それなのに、彼を思う甘やかな感覚は手放したくないのだ。

（蜜柑の君、蜜柑の御方――）

シュンリュウはいつしか彼のことをそう呼ぶようになっていた。もちろん心の中だけで。

だが、シュンリュウの密《ひそ》かな恋心が吹き飛んでしまうような出来事が起こった。母が血を吐いたのだ。

「母さん！」

「だい、だいしょうぶ、だから……」

「だめ、喋らないでいいから！」

シュンリュウは早速に村の医者のところに走ったが、まだ先月の支払いも済んでいない。だが、何度も頭を下げ、頼み込んだ。そうして、やっと家に来て母を診た医者は、重い口調でこう告げたのだった。

「もうこれ以上、家で寝かせておくのはただ命を縮めるだけだ。胸患《わずら》い専門の施療院に入って、治療と見立てをしてもらわねば」

「施療院へ？」

「そうだ。そこには胸の患いに精通した医者や薬師がいて、身の回りの世話をしてくれる者もいる。清潔で、病状にあった食事も出してもらえる」

「で、でも――」

施療院はすごくお金がかかる。入れてあげられるものならば、とっくにそうしていた。

シュンリュウの悲痛な表情を見て、村の医者はため息をついた。

「うちへの支払いも滞っているのに、到底無理な話だな。このままだんだん弱っていくのを見ているか、死ぬ気で金を作ることだ」

「そんな……」

これで最後だと言って、医者は診療代と薬代をツケにしてくれた。だがそれはもう、滞った支払いを済まさねば診ないし、薬も出さないということだった。

「ありがとうございます……」

見捨てられたのも同じなのに、シュンリュウは頭を下げるしかなかった。そんなシュンリュウに医者は容赦なく突きつける。

「おまえほどの器量ならば、できることもあるのではないか？　ケイの男娼館の主人がおまえにぞっこんだと噂《うわさ》に聞いたが？」

あまりの物言いに、さすがに穏やかなシュンリュウも腹が立ち、唇を嚙みしめて屈辱を耐えた。その間に、医者はさっさと帰っていってしまった。

（もし、僕が国の官吏になったら、あんなことを言う医者は再教育してやるのに……！）

などと、今あり得ないことを考えてしまったが、シュンリュウは美しい貌《かお》に影を落とし、絶望の息を吐いた。

（でも、これが現実なんだ。お金がない者は、結局身を売るしかないんだ……）

実際、よく聞く話だ。シュンリュウの幼友達が借金のカタに男娼館に売られていったことがあった。自分と同じ、オメガの男だ。

──貴族や金持ちのだんな連中には、女よりも男オメガが好きという輩が多いのさ。だが、男オメガは数が少ないからその分、高い値がつくってわけだ。

そう言ったのは、例の男娼館の主《あるじ》だ。いつもなら聞く耳ももたないシュンリュウだったが、今度ばかりは項垂《うなだ》れて我が身に問うた。

(母さんを施療院に入れてあげたい……。貧乏な中で僕を一生懸命育ててくれて、いつもあったかくて優しくて……僕には、母さんしかいないのに)

その時、ケイの町で出会った男の顔がふっと過った。蜜柑の君だ。どうしてこんな時に……。彼が助けてくれるわけでもないのに。名前すら知らないのに……。

シュンリュウはぎゅっと目を瞑《つぶ》って、その男の面影を頭から追い出し、そして、眠る母の側《そば》に座った。

浅い呼吸に、青白くこけた頬。親子そろって器量よしだと言われたものだが、今はその面影もなかった。こんなに痩《や》せていたんだ……血管の浮き出る手を握り、シュンリュウは涙を零《こぼ》した。それでも自分にとっては誰よりも美しい、自慢の母だ。

(どうしてうちには父さんがいないんだろう。父さんがいれば母さんはこんなに無理せずに、病気にならなかったかもしれない。施療院に入れてあげることもできたかもしれない……)

彼のことも、父親のことも、考えても詮無《せんな》いことだ。シュンリュウは涙を拭った。

(行こう。男娼館の主のところへ。僕はお金なんかいらないから、その代わりに、母さんにできるだけのことをしてもらうんだ)

自分のために息子が身を売ったなんて知れば、母は哀しむだろう。だから、その言い訳も考えておかないと……。それから、今まで診てもらっていた医者への借金も清算して……。


日が暮れ、空には星が瞬き始める。ずっと、ぼんやりと考えていた時だった。

薄い木の戸が叩《たた》かれた。次いで、太い男の声がする。

「ヤン・シュンリュウの家はこちらか。シュンリュウは在宅か」

「は、はい!」

そんなに叩かれたら戸が壊れてしまう。シュンリュウは慌てて戸を開けた。聞いたことのない声に不安が募る。ただでさえ穏やかでいられない心持ちだというのに、しかもこんな夜更けにいったい誰だろう。

そこに立っていたのは、頭から黒い布を被《かぶ》り、黒い衣を着て、立派な口髭《くちひげ》を蓄えた男たちが数人。シュンリュウは驚いてあとずさりしそうになりながら、おずおずと答えた。

「はい、ヤン・シュンリュウは私ですが……」

男のひとりが急に声を潜める。

「天子さまのおわす宮廷より火急の用で参った。内密の話ゆえ、中へ入れてくれぬか」

「宮廷、ですって？」

今度は腰を抜かしそうになる。まさか、新手の詐欺師や強盗ではあるまいか。襲われても、この身以外は取られるようなものは何もないけれど。シュンリュウの驚きと猜疑心《さいぎしん》を察したのか、男は黒い被りものと黒い上衣を脱いだ。

「あっ！」

男が着ていたのは紫の衣装だった。紫は、宮中の者以外は着てはならない色なのだ。紫の衣をまとった彼らは袖の中に腕を入れ、礼をした。物腰もしっかりとしていて、とても強盗の類《たぐ》いには見えない。おそらく官吏なのだろうけど……。

わけがわからないながら、シュンリュウは彼らに従った。いったい今日は、なんという日なのだろう。宮廷からの使いなど想像もつかない。何かの間違いではないか。

「あの、座っていただく場所もなくて……」

シュンリュウが恐縮すると、官吏の長らしき男が眉ひとつ動かさぬ重々しい表情で答えた。

「そんなことはかまわぬ。我らも極秘で急ぎゆえ、早速であるが、そなたに申し伝える。

ヤン・シュンリュウ。我がウー国の妃紗麻《キーシャオ》皇子より直々のお召しである。今すぐに我らに随行し、宮廷へと参られよ」

「は？」

まったく話が見えなくて、シュンリュウは間の抜けた返事をした。宮廷へ？　キーシャオ皇子のお召し？　この人たちはいったい何を言ってるんだろう。

「第二皇子、キーシャオさまがそなたを宮廷に呼び寄せておられる。これから我らに随行してもらう」

少し話が具体的になったが、なぜかということは語られない。わけもわからず彼らに従うわけにはいかない。何よりも、目を離せない病状の母親がいるのだ。シュンリュウは怯《ひる》まずに訊ねた。

「何故《なにゆえ》、皇子さまが私を呼び寄せられるのですか」

「それは、ここでは話せぬ。詳細は皇子より説明があろう。だが、そなたの身の安全は保証されている。怖《おそ》れることはない。キーシャオ皇子の話が済めば一旦は家に戻れる」

官吏の長らしき男はきっぱりと答える。

（一旦？）

確かめたかったが、彼はそれ以上は言わないだろう。シュンリュウは抗った。

「そんな……今すぐだなんて、私にも事情があります」

「母御のことであれば心配はいらぬ。そなたが留守の間、責任をもって医師と薬師が看護にあたる。身の回りの世話をする女人も連れてきておる」

「なん……ですって」

（どうして母さんの病気まで知ってるんだ？）

宮廷には「鼠《ねずみ》」と呼ばれる隠密がいると聞く。調べられたんだ……雲を摑むような話が、急に現実味をもって感じられた。シュンリュウは同時に恐怖を覚えた。自分の知らないところで何かが起こっている――？　これは、彼らの言う通りにする方がよいのかもしれない……。

「母を、看《み》ていただけるのでしたら……」

「村の医者などよりずっと優秀な者たちだ。安心するがよい。これは、キーシャオ皇子の計らいである」

そこまでして、宮廷の皇子さまが僕を呼んでいる。シュンリュウはここで初めてほっとした。

（母さんには何か上手く説明をつけなければならないけれど）

「わかりました。ヤン・シュンリュウ、キーシャオ皇子殿下のお召しにより登城いたします」

シュンリュウは礼を込めて返事をした。官吏の長は、ふっと不思議そうに表情を緩める。

「そなたはどこかで教養を授けられたのか？　方言も訛《なま》りもない、美しい話し言葉だ」

「母が教えてくれたのです。読み書きもできます。母がどこでそのような教養を身につけたのかは知りませんが」

そうか、とうなずき、取るものもとりあえず出発となった。母は眠っていたので、シュンリュウは文を残した。


『仕事が見つかりそうなので、都まで話を聞きに行ってきます。お医者さまや薬師の方は母さんのために使わしてくださった方々なので、遠慮なくお世話になってください。すぐに戻るから心配しないで。シュンリュウ』


走り書きのような文を手伝いの女の人に託し、シュンリュウは官吏たちとともにウー国の都、鳳《ホウ》へと出発した。

シュンリュウには、なんと輿《こし》が用意されていた。官吏の長は馬で、他の二人は護衛だったようだ。輿に乗ることなど初めて、もちろん都にも行ったことがない。

（それにしてもこの格好で皇子さまの前に出ていいのだろうか）

普段は粗末な麻の衣を恥ずかしく思ったことなどない。母と二人、働いて手に入れたものだからだ。だが、さすがに宮廷に上がるのに、継ぎのあたった着衣はどうなのだろうと思ってしまった。適当に結い上げた髪も。

鳳の都までは一泊せねばならなかった。その翌朝、シュンリュウは真新しい衣装を渡された。着付けも髪結いもいる。湯を使い、有無を言わさず着付けられ、髪を結ったシュンリュウを見て、その場の皆が感嘆の息をついた。あの、笑った顔が想像できない官吏長も、満足そうにうなずいている。

淡い水色の揃《そろ》えだ。中に着た衣の帯は紺だった。衣装の色はシュンリュウの陶器のような肌の色を際立たせ、結ってなお黒髪は艶やかだ。唇に紅を差されたのは驚いたが、これは貴族の男オメガのならわしなのだという。

（紅なんて、女の人みたいだ）

僕がオメガだということも知っていたのか……思ったが、ここまで来て抗うつもりはなかった。これで登城する準備は整ったということなのだろう。

「ほんに、なんとお美しい。そしてキーシャオさまに……」

着付けをしてくれた女人が呟《つぶや》いた時だった。

「口を慎まぬか」

官吏長は厳しく彼女を諌《いさ》め、彼女は慌てて深く礼をした。彼女たちも地味な色目ではあるが、袖の長い立派な衣装を身につけている。

何を言おうとしたのだろう。だが、それももうすぐわかることだ……。シュンリュウは皇子のお召しを無事に済ませ、早く家に帰ることだけを考えていた。一旦、という言葉は気になって仕方なかったけれど。

（母さん、目を覚ましたかな。ちゃんとお世話してくださっているだろうか。僕の今の姿を見たら、驚いて元気になってしまうかも）

輿の中でそんなことを考え、くすっと微笑んでいたら、輿はやがて、ウー国宮廷である、大鳳城に到着した。

ずっと輿の中で都の様子は見えていなかったのだが、いきなり城を前にしてシュンリュウは震え上がるほどに驚いた。朱塗りの柱が続く、錚々《そうそう》たる建物だ。これが天子さまや皇子さま方が住まう場所なのか。落ちついていたのに、シュンリュウは急に怖くなってきた。自分とはなんの接点もないこの城で、僕を待っているものは……。

「ぼうっとするな。さっさとついてこい」

シュンリュウは頭から布を被せられ、まさに女人の格好になって追い立てられた。城の裏手の道を進み、岩の隙間から中へと入る。城に入ってからも、いくつか隠し扉をくぐり、くねくねとした狭い廊下を進んだ。

（まるで秘密の抜け道……みたいな？）

ああ、これはきっと人に知られてはならないことなんだ。僕はまさか陰謀に巻き込まれるのでは……。だが、ここまで来たら進むしかない。逃げたところで迷うだけだという後ろ向きな自信があった。

「ここで終わりだ」

官吏長が木の壁をぐるりと押すと、急に目の前が拓けた。仕掛け扉……子どもの頃、母に読んでもらった絵ばなしを思い出す。だが、目の前に現れた煌びやかな部屋の様子にシユンリュウの感傷は打ち破られた。

（えっ？）

あでやかな花が刺繍《ししゅう》された、重たそうな緞帳《どんちょう》の前、磨き上げられた籐《とう》の長椅子《ながいす》に男が気怠《けだる》そうに横たわっている。だが、シュンリュウを見たとたん、目を大きく見開いた。シユンリュウも同じだった。

（僕と同じ顔……？）

「これはどうだ、まるで鏡を見ているようではないか！」

シュンリュウは心の中で呟いたが、男は大きな声で驚きを口にした。濃い青の衣装を着て、きらきら煌めく色の帯を締めている。シュンリュウはその色を銀色というのだとあとから知った。――きっと彼が皇子に違いない。

「キーシャオ皇子だ」

官吏長が告げ、シュンリュウは慌てて腕を組んで膝をついた。

「ヤン・シュンリュウと申します。お、お会いできて光栄です」

「なんと声も同じではないか。これはますます好都合」

(好都合ってなに……もしかしたら……)

キーシャオはすこぶる機嫌がよさそうだったが、目が笑っていなかった。だからシュンリュウは返答できなかったのだが、なんとなく、自分がここへ呼ばれたわけが予想できた。

「もっと近ぅ寄れ」

「は、はい」

言われるままに側へ寄ると、キーシャオはシュンリュウに立ち上がるように命じ、それこそ頭の先から爪先《つまさき》まで舐《な》めるように検分された。

「私たちは瓜二《うりふた》つ、体型も背丈も同じくらい。そして声も同じだ」

キーシャオは向き合ったシュンリュウの顎をくいっと捉えた。彼も唇に紅を差している。

宮中における男オメガの印だ。シュンリュウはおずおずと答えた。

「はい、私も驚いております」

「シュンリュウ、おまえ、鏡を見たことがあるのか？」

顎を離し、再び長椅子に横たわると、キーシャオは尊大な口調で訊ねた。鏡は高級品だ。貧しい農村にあるわけがない。

「いいえ、ございません。自分の顔は泉に映して見ておりました。それで怖れ多くも私の顔がキーシャオさまとそっくりであることがわかったのです」

「泉か。そうであろうな。では、生まれた日を知っているか」

「存じません。春であったとは聞いておりますが」

都から離れた農村では、確かな暦というものがなかった。星や月の位置から大まかな季節を計っているのだ。

「ああ、暦は都にしかないのであったな。私も春生まれだ。まさか生き別れた双子ではないかと思ったが、誕生の年や日がわからねば、それはなんとも言えぬな」

キーシャオはくっくっと笑う。わかっているなら訊かなきゃいいじゃないか――シュンリュウは嫌な気分になった。上流の人たちというのはこれほどに下々の者を見下しているのか。彼の性格もあるだろうが……悔しくなって、シュンリュウは再び膝をつき、キーシャオを見上げた。

「キーシャオ皇子さま、此度《こたび》はどのような用件で私を呼び寄せられたのでありましょうか。早く、その儀をおうかがいしとうございます。私は急いでいるのでございます」

「田舎のおっとりした者かと思えば、皇子に口答えするとは、なかなか気が強いではないか。それに、その言葉遣いはどこで覚えた？」

「母に教えられました」

「母だと？　いったいどのような素性だ」

「存じません。母と私はずっとセンの村で畑仕事をして暮らしておりましたゆえ」

「ふん、落ちぶれた貴族の素性かもしれぬな」

「ですが、これで教育のひとつは省けるかと」

官吏長が口を挟み、そうだな、とキーシャオはうなずいている。教育と聞き、シュンリュウの予想はますます確信を帯びた。

稀《まれ》に、そういうことがあると聞いたことがある。農村から突然人がいなくなる。それは……。シュンリュウは再度、言い切った。

「皇子さま、用件をお訊きしとうございます」

「わかった。私もゆっくりと構えてはいられないからな。そこへかけるがよい」

部屋使いの者が椅子を運んできて、シュンリュウは少々身体を強張《こわば》らせながら座った。座ったとたん、ふかふかとして、身体が沈んでしまいそうになる。だが、その驚きを顔には出さず、背筋を伸ばしてシュンリュウはキーシャオ皇子に向かい合った。

「そんなに怖い顔をするな、話しづらいではないか」

「緊張しているのでございます」

「面白いやつ」

ははっと笑い飛ばし、キーシャオはやっと事の次第を説明し始めた。

「この度、私は隣国、ファンの皇太子、浩然《ハオラン》どのに嫁ぐことになった。我がウー国がファン国に従うという誓約のための政略結婚だ。つまり、人質みたいなもの……私は子を産むためのオメガ妃《ひ》として、次期皇帝のハオランどのに差し出されるのさ」

キーシャオは自嘲《じちょう》気味だった。隣国の皇太子に嫁ぐ……。オメガに生まれた皇子には皇位継承権が認められていないとシュンリュウも聞いていた。キーシャオのその様子は、しばらく続く。

「我がウー国は、この広大な華《か》大陸の歴史に名を刻む由緒正しい国だ。近年は国力が衰えたが、西方の民族の寄せ集めにしかすぎない、新興のファン国などに従うのは、屈辱でしかない。……我が国とファン国の歴史もおまえには学んでもらわねばな。さて本題だが、私はこうして、国のためにハオランどのに嫁がねばならないのだが、実は、私には恋人がいるのだ。宮廷の警護をしている者で、身分違いゆえ、この世では叶《かな》わぬ恋だ」

シュンリュウは息を呑《の》んだ。では、愛する人がいながら別の人と結婚せねばならないのか？　この時初めて、シュンリュウはこの高飛車な皇子に心を寄せた。そんなことって……。

「だから、私は絶対にハオランどのに抱かれたくないのだ。彼以外の男に抱かれるなど、虫酸が走るほどに嫌なのだ。この身体は、彼のものなのだから……」

キーシャオは身悶《みもだ》えるように自分の身体を抱きしめていた。身体を疼かせておられる……どうしてだろう。シュンリュウにはキーシャオの状態が手に取るようにわかった。呼応するように、シュンリュウの下腹もずくんと疼く。

（あ……）

シュンリュウはたちまち頬を染めてしまう。胸を過ったのは、自分を助けてくれた旅の男、蜜柑の君だ。

（僕はやっぱり、あの方に恋していたんだ……）

こんなかたちで知ることになろうとは。シュンリュウの密かな動揺など知らず、キーシャオはたたみかけてくる。

「おまえ、発情は？　もう誰かの手がついているのか？」

あからさまな問いをぶつけられ、シュンリュウはますます赤くなる。

「発情は迎えました。ですが、この身体は、誰にも許しておりません……！」

キーシャオもまた紅潮した顔で、不敵に笑う。

「それを聞いて安心した。おまえに頼みたいのは、ハオランどのとの閨《ねや》での替え玉だ。つまり、閨で私に代わってハオランどのに抱かれてほしいのだ」

「ね、閨で？」

替え玉だろうということは予想していた。だが、まさか閨でキーシャオの代わりにその皇太子に抱かれるだなんて……！

「そ、そんな、キーシャオさまのお気持ちはわかりますが、私にはそのような経験がありませんし、怖れ多くも皇太子さまとそんな……」

「オメガの路が未通だからこそよいのだ。花嫁は未通でなければならぬ」

「で、でも」

「ハオランどのは高位の身分であれど、気さくで、優しく闊達《かったつ》な方だと聞いている。決して無体なことなどされぬだろう。だから、おまえはただ身をあずければよいのだ。すべてハオランどのに委《ゆだ》ね、そして私の代わりにアルファの男児を産んでほしい。大丈夫だ。

我々男オメガはアルファの男児を産むことができる。だからこそ妃《きさき》にと望まれるのだ」

　抱かれるだけでなく子を産めと……？

　シュンリュウは目を見開き、口もあんぐりと開けて、キーシャオの顔を見つめた。とにかく混乱していた。世継ぎを産むなどと、そんな、そんな……。

「そ、それでは皇統に平民の血が混ざってしまうではありませんか。そのように怖れ多いこと……」

「ファン国の血筋など、私の知ったことではない。あとは私が上手くやる。だからシュンリュウ、おまえはハオランどのに可愛がられて子を産めばよいのだ」

　そんなの、もし気に入ってもらえなかったら……。いや、それ以前にこれは身売りだ。男娼館の主に身を売るのと同じ……。

　シュンリュウは涙を堪《こら》えながら訴えた。

「正直、今までにこの身を買ってやろうという者もおりました。ですが私は、身を売ることだけはするまいと思ってきたのです。それなのに、可愛がられて子を産めと、そんなに簡単に言わないでください……っ」

　オメガとして密かに守ってきたこの身体。いつか、愛し愛される人に捧げ、子を産みたいと思っていた。それなのに。またあの男の顔が頭に浮かぶ。見事な体術で舞うようにし

て悪人たちを退けたあの姿、無頼漢に見えながら爽やかで、嬉しそうに蜜柑をもらってい
ったあの笑顔――。

「ううっ……」

シュンリュウはついに涙を落とした。皇子にはわかるまい。平民に、自分の代わりにな
って見知らぬ男の子を産めなどと言えるのは、傲慢《ごうまん》だということを。

その様子をキーシャオは扇をひらひらさせながら見守っていた。ややあって、口を開く、
それはこれまでよりも穏やかな声だった。

「誰か好いた者がいるのか？」

「そっ、それは名前も知らない人だから……また会えるなんて保証もないけど……っ」

もういいや、シュンリュウは皇子に気持ちをぶつけた。口調もかまわなかった。この横
柄な皇子に、平民にも誇りと希望があるのだということを知らしめてやりたかった。

「それは悪かった」

（あ、謝った……？）

「なんだその顔は」

「キーシャオさまが謝られたので」

「私とて謝ることくらいあるわ」

キーシャオは少しばかり膨れっ面だった。その顔が可愛く思え、シュンリュウは幾分、心が軽くなるのを感じた。

「そこまで考えてはいなかった。だが、その者と二世を誓ったわけではないのなら、そして、また会えるかどうかもわからないのなら、敢《あ》えて私はおまえに頼みたい。どうか、我が閨の替え玉妃として……」

キーシャオは居住まいを正し、ぐっと頭を下げた。膝の上の拳《こぶし》には力が入っている。

「ハオランどのは良き御方だ。閨ではおまえを大切にしてくださるだろう。おまえの普段の生活も快適であることを約束する。そして――」

その表情は真剣だった。キーシャオに見つめられる。その目に、同じ顔の自分が映っていた。

「おまえの母親の今後については心配無用だ。施療院に入れ、最上の看護と治療を約束する」

「キーシャオさま……」

母親の世話もしてやろう、と男娼館の主たちも言った。だが、シュンリュウは信用できなかった。だが今回は今実際に、自分が留守の間の母の看護をしてくれているのだ。キーシャオの言うことは間違いないと信じることができた。

シュンリュウは顔を上げた。吹っ切れたのだ。蜜柑の君には、もう二度と会えない可能性が高い。今の自分が愛するものは母だけだ。母を大切にしてもらえるならば……。

「母のことをよろしくお願いいたします。それならば、キーシャオさまの命に従いましょう」

「おまえ、本当によいのだな？　顔も知らぬ男に抱かれることになるのだぞ？　ましてや子を……」

きっぱりとした答えに、キーシャオの方がとまどっていた。シュンリュウは笑顔で答える。

「私に命令していたのはあなたさまの方ではありませんか」

「それはそうだが……」

「このままでは母の命はありません。そして同じ身売りならば、毎夜誰かに玩具にされるよりは、誰かの役に立った方がいいです。同じ顔のキーシャオさまに出会ったのもきっと何かの縁でしょう」

「縁か……そうだな」

「閨では、ハオランさまのお顔に、恋した御方の面影を貼《は》りつけます」

「おまえ、なんという怖れ多いことを……」

「それぐらいは許されるでしょう」

シュンリュウはにっこりと笑う。目の前では同じ顔の皇子がたじたじとしている。百面相を見てるみたい、とシュンリュウは可笑《おか》しく思った。決めてしまったら、心にそんな余裕も生まれたのだ。

「では、早速出立の準備を始める。おまえはもちろん、私に随行してファンに渡るのだ」

「はい、心得ております。ただ、母が施療院に入るのを見届けてからにしてください」

「わかった」

キーシャオははっきりと答えた。

3

キーシャオの動きは速かった。たちまち母は施療院に移り、居心地のよい部屋の寝台の横で、シュンリュウは母、ユイレンの手を握った。

「母さん、今日からここで静養して治療を受けるんだよ。きっと元気になるよ」

「でもシュンリュウ……」

ユイレンは涙を滲《にじ》ませた目でシュンリュウを見上げた。

「そのせいでおまえに迷惑をかけてしまって……」

母には、ファン国に出稼ぎに行くことになり、給金を何年分も前借りしたのだと説明していた。

「いいんだよ。僕には母さんしかいないんだから。母さんが元気になることが僕の幸せなんだから」

ケイの街で出会った彼の顔を心の隅っこにしまう。微笑むシュンリュウに、ユイレンは首を振った。

「なに言ってるの。あなたもこれから誰かと恋をして幸せになる将来があるのよ。だから身体には気をつけて、人生を諦《あきら》めないで。しばらくあなたに会えなくなるのは淋《さび》しいけれど、私も療養に励むから……」

「うん、わかった。きっといいこともあるよね」

母を安心させるようにそう言った。この先にあるのは、閨の替え玉妃としての人生だ。

（でも、僕はこれで母さんとキーシャオさまを助けることができるんだ。そのことは誇りに思っていいよね）

お気楽かもしれないけれど、そう思う。現実には、初めて男の人に抱かれることとか、子を産むとか、そもそも謀《はかりごと》に加担するとか、不安なことだらけなのだけれど。

（なるようになれ、だ）

母を見届け、シュンリュウはキーシャオとともにファン国への船に乗った。陸路を行くよりも、港町のケイから海路を行く方が速いのだ。それでも三日はかかるという。ファン国に着いたら、都の陽安《ヨウアン》までさらに陸路を二日。シュンリュウにとっては初めての長旅だ。

皇子の旅立ち、しかも婚姻だというのに、船出はあっさりとしたものだった。皇帝も母后も前夜に挨拶を済ませたらしく、見送りは世話係などのほんの数人だ。顔を見られてはいけないのでシュンリュウは隠れていたが、周りの船も、これが皇子の出立だとは思わなかっただろう。

「皇位を継げないオメガ皇子などこんなものさ。そもそも、キーシャオなんて、女でも通る名をつけられて」

キーシャオは淡々としてはいたが、シュンリュウの心にはもやもやしたものが残った。

だが、いつまでも、もやもやしてはいられなかった。船に乗ったその日から、替え玉妃教育が始まったのだ。

「とにかく、早急に我が国とファン国の歴史を学び、身につけてもらう。並行して、宮廷人としての所作、私の仕草や癖、話し方、閨での作法……他にも覚えることはたくさんある」

シュンリュウは真剣に、それらの『課題』に向き合った。ウーとファン、両国の歴史や地理を学べるのは、シュンリュウにとって楽しいことだった。

読み書きはできるものの、今まで学ぶという機会がなかったからだ。宮廷で必要とされる知識や教養もシュンリュウは懸命に学んだ。短い期間で教えられることはほんのさわりに過ぎないが、シュンリュウはもっと学びたいと思うようになり、砂が水を吸い込むように、様々なことを吸収していった。

このように、教養や学問に関することはいい。シュンリュウが苦戦したのは、キーシャオの口調や仕草、癖などを覚えることだった。

「そうじゃないって言ってるだろう！　もっと誇り高さと気品をもって……。私はそんなに高飛車な笑い方や口調ではない」

キーシャオがシュンリュウを叱りつける。

「申しわけありません」

謝りながら、シュンリュウは思う。

（いいえ、まんまこんな感じですが……）

「よいか、私の扇の持ち方はたいそうあでやかだと言われているのだ。扇で口元を隠す角度もこうだ」

キーシャオは、自分でやってみせながら、なんとかシュンリュウに教え込もうとする。

「こうですか？」

「違う！　くしゃみを我慢して隠そうとしているのではないのだぞ。もっと艶っぽく……」

顔立ちは整っていてそっくりでも、自分は畑仕事しかしたことがないのだ。扇など持ったこともないのだから。シュンリュウはそれでも根気強くついていった。キーシャオがどんなに高飛車で尊大でも、母の恩人なのだ。それに意地悪をされているわけではない。彼も必死なのだ。

それもすべて恋人への思いからだろう。だが、下々の者と高貴な者とのわがままは、こんなにも違うのだと思わずにいられない。

(僕たちなんか、明日暮らせるかで一生懸命だったから)

高貴な者が皆、そんな人物とは言えないだろう。そして一方で、シュンリュウは反発を覚えることはあっても、なぜだかキーシャオを嫌いだとは思えないのだった。

「まあ、閨は薄暗いものだし、おまえは恥じらっていればよいのだからこれくらいでいいだろう」

(言い方……)

キーシャオの横柄な態度にシュンリュウは心の中で呟かずにいられなかった。恥じらっていればよいという、そのことこそが心に重くのしかかっているというのに。

(だって、初めて……なんだから)

「だが、口調があまりに違っていてはハオランどのも変に思われる。どうか、頼む……」

キーシャオは小さく、だがはっきりとシュンリュウに頭を下げたのだった。明日にはファン国に着く。そしてキーシャオとハオランとの婚姻の儀、初夜は明後日《あさって》に迫っていた。

ファン国では、故郷の出立の時とは比べものにならない歓迎を受けた。

もちろんシュンリュウは厳重に匿《かくま》われており、物陰からそっと覗《のぞ》いた程度だが、それでも十分にわかるほどだった。そして、シュンリュウには気づいたことがあった。ファン国は裕福な国だ。一方、ウー国は国力を保つのに精いっぱいの窮状だったから、きっとキーシャオを華々しく送り出すことができなかったのではないかと。

そして、ファン国は花嫁の到着をこれほど待っていたのだ。シュンリュウは少し安心した。歓迎される花嫁ならば、針のむしろに座るようなことはないだろう。

(僕は、閨だけの花嫁だけど)

ハオランさまに可愛がっていただいて子を産むんだ。たとえ閨だけの替え玉妃であったとしても、ハオランさまを好きになりたい。そうすれば、このお役目も幸せなものになるんじゃないだろうか。……あの方のことも、忘れられるんじゃないだろうか。

前向きに、前向きに。来る夜を目の前に、シュンリュウは自分に言い聞かせた。

そして――。

「キーシャオさまとハオラン皇太子殿下の婚姻の儀は滞りなく済んだということでござい

ます」

ウー国からついてきた、事情を知る女官のひとりがシュンリュウにものものしく告げた。

結婚しても、夫と妃の部屋は別々で、夫が妃の許を訪れるのが、後宮のしきたりだという。シュンリュウはキーシャオの部屋の奥に隠れていたのだった。

（来た！）

（はい、お心のご準備を）

女官と目と目で合図を交わし合い、それからシュンリュウは頭の先から爪《つめ》の先までぴかぴかに磨き上げられた。他人に身体を洗われるというだけでも恥ずかしいのに、婚姻の儀式を終え、『初夜のお支度』のために部屋に下がってきたキーシャオが、その様子を見ているのだ。これには非礼を承知で、シュンリュウはひとこと言わずにいられなかった。

「なっ、なんでご覧になっているのですか」

「私が、清楚《せいそ》にかつ艶やかに仕上がって、ハオランどののお心を摑めるかどうか見守っているのだ」

それの何が悪い、といった顔つきだ。シュンリュウは言い返していた。

「ご心配なく」

「期待しているぞ」

（人の気も知らないで……）

実のところ、シュンリュウは心臓が高く鳴って仕方がなかった。この身を開かれる時が近づくにつれ、不安が増してきたのだ。

痛いのだろうか。苦しいのだろうか。ハオランさまが不審に思われたらどうしよう――。

だが、初夜の花嫁として支度されたシュンリュウの可憐《かれん》な美しさに、皆が息を呑んだ。キーシャオさえも目を瞠《みは》った。

背中に流された艶やかな黒髪、純白の夜着に映える肌の滑らかさと美しさ。頬と唇に差された紅が、清楚な中に思わず手折ってしまいたくなるような艶を浮かべている。キーシャオは苦虫を噛み潰《つぶ》すように言った。

「ふん……私とて同じように装えば、美しさで負けはしない」

「それは……同じお顔ですからごもっともでございます。あ、いえ、キーシャオさまの方がきっとお美しいかと」

女官が慌ててキーシャオの機嫌を取っている。当のシュンリュウは、姿見に映る自分の姿に驚いていた。

（これが……僕？）

男でありながら、女人のようなあでやかさ。だが、決して女人ではない、凛とした男オメガの姿がそこにあったのだ。

「では、行って参れ」

「はい……」

高貴な方々は、このように皆に見送られて閨に向かうものなのか？　いや、下々の者がどうしているかも知らないけれど……。緊張しすぎて、シュンリュウはどうでもいいようなことを考えていた。簾《すだれ》の奥に、逞《たくま》しい男の影が見えてきた。上手くやれるだろうか。恥じらっていればよいと言われたけれど……。様々な不安に押し潰されそうになりながら、シュンリュウはキーシャオとして簾をくぐり、閨へと足を踏み入れた――。

「お待たせいたしました。キーシャオでございます」

声が震えるのを堪えて告げる。薄暗がりの中、男がゆるりと振り返る。その顔を見て、シュンリュウは思わず声を上げそうになった。

（まさか……）

シュンリュウは息を呑み込む。シュンリュウがキーシャオの替え玉としてこれから初夜をつとめるファン国の皇太子、ハオランは、シュンリュウがかつてケイの街で暴漢から助けてくれた男、ずっと忘れられずにいた、蜜柑の君だったのだ――。

そんなはずはない。彼は方々を旅している平民の男だった。きっと、僕とキーシャオさまのように皇太子さまと瓜二つなんだ。せ、世界には同じ顔をした者が三人はいるというから……！

驚きすぎたシュンリュウを緊張していると思ったのだろう。皇太子ハオランは微笑み、優しく、気さくな感じでシュンリュウを呼んだ。

「どうした？　何も怖いことはないからこちらへおいで。……いや、初夜などと、怖いだろうなやっぱり」

「も、申しわけありません！　今、お側に参ります」

いけない。キーシャオさまならきっと、堂々と誇り高くしておられるだろう。だが、焦ったシュンリュウは少しの段差につまずき、派手に体勢を崩してしまった。

「あっ！」

「おっと！」

ハオランはシュンリュウを受け止めてくれた。いきなり、皇太子の腕の中……僕はなんという失態を！　心臓がはちきれそうだ。だが彼の腕の中は温かくて、良い匂いがして、なんと心地よいのだろう……。

「大丈夫か？」

「か、重ね重ね、申しわけありません」

「今日は緊張の連続だったであろうから、疲れているのではないか？」

「気、気が緩んでしまったのだと思います。本当に……」

毅然《きぜん》としたキーシャオさまを演じねばならないのに。それなのに皇太子さまは、恋した男と同じ顔で、声まで同じで……。え？　声？　じゃあやっぱり本当に……？　え？

シュンリュウは唇に何か触れたのを感じた。それは皇太子の指で、彼は笑って言った。

「申しわけありません、はもう、無しだ。そのように私に気を遣うことはない」

「は、はい。ハオランさま」

ああ、僕はいったいどうしたら……。混乱しているシュンリュウに、ハオランは緊張を解こうとしてくれているのか、さらに語りかけてくれる。

「疲れたのなら、そして、今日はそういう心になれぬのならば気にしないでよい。何か話でもして過ごせばよいのだから」

閨に入ったなら、そこからは身を委ねればよいと言われていた。そのまま、一気に抱かれるのだと……。だが、ハオランは自分より花嫁のことを思ってくれるのだった。

「いえ、私ならば大丈夫でございます」

恋した男と同じ顔を目の前に、シュンリュウはきりっと返答した。

「初夜を果たすのは、花嫁のつとめでございますゆえ」

「可愛いな、そなたは……」

自分では毅然と言えたと思ったのだが、ハオランは目を細め、慈しむような口調でそう言った。

「出会ってからずっと、凛とした気丈な性格だと思っていたが、これほど可愛らしい面を見せてくれるとは」

（ああっ、それではだめなんだって！）

まったくキーシャオになりきれていない。だめだ。でも嬉しい。恋した男と同じ顔の彼に言われて嬉しいのだ。もし、もし、彼と皇太子さまが同じ人だったら……。そう考えたら、自然に身体が緩んだ。そして。

（やぁ……っ）

ずくんと下腹が疼き、とたんに自分から花のような香りが立ち上った。混乱し、シュンリュウはハオランの夜着に縋《すが》ってしまう。

「そのようによい匂いをさせて……それは、そなたを抱いてもよいということか？」

「ハオランさまからも、良い匂いがいたします……」

（キーシャオさまは、こんな甘えるようなことは言わない。きっと言わない。黙ってたおやかに身を任せられるはず……。それなのに僕はこんな誘うようなことを……ああっ）

甘い声が出そうになったのは、ハオランの指が顎に触れたからだった。

「キーシャオ、口を吸っても？」

キーシャオと呼ばれたこともシュンリュウの中で湧き起こる何かを止めることはできなかった。もうだめ、抗えない、しゃんとできない……シュンリュウは返事の代わりに、潤んだ目を閉じた。

唇が、優しく包み込まれる。ハオランの両手で顔をそっと挟まれる。もたらされる心地よさのすべてにシュンリュウは感動した。

（ああ……とろけて、しまいそう……）

なんてあたたかくて気持ちいいんだろう。ハオランの唇は傍若無人に奪うことをせず、しっとりと濡《ぬ》れて触れてくる。ああ、本当に唇を吸われている……。

「心地よいか？　嫌ではないか？」

優しい台詞《せりふ》も嬉しくて、シュンリュウは甘えるように「はい」と答えた。もはや、恋した彼に口づけられているのか、ハオランにそうされているのか境目がわからなくなってい

る。ただ、身体が気怠い甘さで反応していた。

再び唇が塞《ふさ》がれ、舌が忍んできた。シュンリュウは思わずハオランの舌先を啄《ついば》む。どうしてこんなことができるのか、「可愛い」と言われ、「あ……」と甘い声を発してしまった。

「先へ進むぞ」

ひたすら甘かったハオランの台詞に、急に雄みを感じ、シュンリュウは背中がぞくぞくするのを感じた。同時に、オメガがアルファを受け入れるというところから、とろりとした液があふれ出た。

（やぁ……っ。どうして、どうしてこんな……）

恥ずかしさに自問しながらも、シュンリュウはハオランの手が夜着に入り込むのを許していた。

「あぁ……ハオラン、さまっ……」

「そんなに私を煽《あお》らないでくれ」

「あ、煽るって、なん、でございましょう……？」

甘い吐息とともに訊ねると、突然抱きしめられた。

「私が、そなたを征服したくてたまらなくさせるということだ……！」

ハオランは言い放って、シュンリュウの顔に口づけの雨を降らせる。いつのまにか夜着はしどけなくはだけ、口づけは身体中へと下りていった。

「灯《あか》り……っ、あかりを、消してくださいませ……っ」

首筋から肩、腰にかけての稜線《りょうせん》を啄まれ、あまりの恥ずかしさにシュンリュウは願った。最初にお願いしておかなければならなかったことなど頭から飛んでいた。

「嫌だね」

皇太子なのに市井の男のような口調だ。ああ……どこかで聞いたような覚えがある。恥ずかしさで沸騰しそうになりながらもシュンリュウは思った。閉じていた目を開ければ、心なしか、ハオランはやんちゃな表情をしている。

「これほどに可愛く、艶やかなそなたを見られなくなるなど……」

黙りなさいとばかりに唇を吸われる。

「ん、う……ハオランさま、恥ずかしゅう……ございます」

「きれいだ。何も恥ずかしがることはない。妻となったおまえを私に全部見せておくれ、キーシャオ……」

（キーシャオ……）

身体の稜線にそって口づけられながら、シュンリュウは我に返り、どうしようもなく哀しくなった。

今、ハオランが口づけ、きれいだと可愛がっているのはキーシャオなのだ。自分ではない……。

(どうして泣きたくなるんだろう。僕は替え玉妃なんだ。承知してここに来たのに、それなのに、ハオランさまが蜜柑の君と同じ顔をしているからだ……)

蜜柑の君がハオランさまの替え玉だったらいいのにな。そんな馬鹿みたいなことまで考えて——あ、ああっ……。

(気持ち、いい……)

ハオランの唇に持ち上げられた膝裏を舐め上げられた時、シュンリュウは恍惚《こうこつ》とし、後ろからオメガの液がつーっと流れ落ちた。

「そなたはここが良いのだな。覚えておこう」

「や、そんな、良いなどと、はしたない……」

ハオランは優しかったが、シュンリュウはあまりの恥ずかしさに竦《すく》み上がった。だが、身体は正直に、快感を覚えていることを伝える。アルファの男に身体を触られて『良い』などと、こんな状態になってしまうなんて。これがオメガのさだめなのか——？

「はしたないなどと、そんなことはない。そなたの身体が素直に反応を示してくれて、私は嬉しいのだ、ほら、キーシャオ」

呼ばれ、顔を上げると、そこにはハオランの人なつこい笑顔があった。皇太子に人なつこいなど失礼だが、本当に、にこにこと笑っているのだ。

――ハオランさまは、どうしてこんなに嬉しそうな顔をなさっているのだろう。まるで、子どもが宝物を見つけたような……。

「こんなところに、可愛い痣《あざ》がある」

ハオランは身を屈め、シュンリュウの足首を掲げて口づけた。そこには四つ葉のかたちの小さな痣があるのだ。

「三叶草《シロツメクサ》の中には、稀に葉を四枚つけたものがある。その四つ葉を見つけると幸せになれるという。私たちは幸福になれる。そなたがこうして幸福を連れてきてくれたのだ」

「そんな、怖れ多うございます」

ああ、どうして僕はシュンリュウなのだろう。キーシャオさまの替え玉なのだろう。こんなにも優しく朗らかな方に出会えたというのに。

(しかも、蜜柑の君と同じ顔、なんて……)

だがシュンリュウのそんな憂いは、ハオランに抱きしめられ、もっと恥ずかしいところに口づけられて、甘く霧散していった。もう何も考えられない……とろけそうな身体を開かれ、シュンリュウはハオランの熱くて太い雄を受け入れる。痛くはないか、苦痛ではないかと気遣われ――。

（ああ、ハオラン、さまが、僕のなかに……）

やがてシュンリュウは押し寄せる愛の波に身を任せ、本当に何も考えられなくなって互いの放つ香に溺《おぼ》れた。そうして、ハオランとひとつに溶け合っていったのだった。


「では、昨夜《ゆうべ》の首尾を聞かせてもらおうか」

めくるめく初夜を過ごし、ハオランの胸に抱かれて眠った翌朝、シュンリュウはキーシャオに呼ばれ、尊大な態度で報告を命じられた。

目覚めた時、ハオランの姿はすでになく、寝具が肩までふんわりとかけてあった。皇太子より先に目覚め、身体を清めるように言われていたのに、いきなりの大失態だ。皇太子より寝過ごしてしまったなんて……。

今も身体が火照《ほて》り、全身が……特に受け入れたあたりが気怠くて仕方ないのだ。正直、横になっていたかったが、閨のことを報告するのは義務になっている。シュンリュウは身体にムチ打つような思いで、キーシャオの許に上がったのだった。

「あっ、あの、首尾といいますか、ハオランさまには、気に入っていただけたのではないかと思います」

シュンリュウはほうっとため息を吐く。思い出そうとすると、目は潤み、頬は朱に染まった。キーシャオは扇で口元を隠して目を眇《すが》める。

「ふん……たったひと晩で、やけに艶めいているではないか。気に入ってもらえたというのは本当のようだな。よほど可愛がられたのだろう」

「『可愛い』と何度も囁いていただきました……」

「惚気《のろけ》るでないわ」

ことは上手く運んだと思えるのに、キーシャオは面白くなさそうだった。

「私とて、その気になればハオランどのの心を捉えることなど簡単にできる。ただ、そうしないだけで」

（そんな、何も僕に張り合わなくても……）

ずいぶん負けず嫌いなんだなあ……。こういうのって張り合うことなのかなあ……シュンリュウは正直、キーシャオの子どもっぽさを感じずにいられなかった。

ハオランの唇や指、そして最後まで気遣ってくれる優しさ……。ひとつになった時の、あの多幸感……。

——わかるか、キーシャオ。私は今、そなたのなかにいるのだ。

——あ、あっ。うれしい……ハオランさま……。

そして、熱いほとばしりを受けて……思い出すと、また身体が火照り出す。シュンリュウは思わず、ふっと息をついた。

「いちいち、艶っぽい息を漏らすな」

「申しわけありません、キーシャオさま」

僕は淫らになってしまったのかな。そしてまた、キーシャオに表情を引き締めろと叱られる。

「気に入っていただけたなら良いが、それだけでなく、満足していただくことが肝要だ。初めてゆえ仕方ないが、流されてばかりではいけない」

「はい」

とりあえず返事をするが、流されずに自分を保つことなどできそうにない。それに……シュンリュウはキーシャオに正直に申し出た。まさに、流されてできなかったことだ。

「あの、ひとつ申しておかねばならないことがございます」

「なんだ。何か不首尾でもあったか」

キーシャオの目が厳しく光る。シュンリュウは叱られるのを承知で答えた。

「できるだけ、キーシャオさまのように凛としてかつ恥じらいも見せて振る舞おうとしたのですが、それこそ流され、余裕がなくてできませんでした……とにかく我を忘れ……申しわけありません」

「なに？」

キーシャオの美しい眉がつり上がる。僕も怒るとこういう顔なのかな……考えながらシュンリュウは頭を下げた。

「それこそ大事なことではないか！」

「でも、キーシャオさまもその場になれば、自分を保って、誰かの性格や仕草を真似《まね》るなど、おできにならないと思います……」

小さな声でシュンリュウは反論する。叱られるかと思いきや、キーシャオは真っ赤になった。

（キーシャオさま、可愛い……）

「そ、そんなこと、やってみなければわからぬ！　だが、おまえはそれをやらねばならぬのだ！」

矛盾している。それなのに無茶を振られても、シュンリュウはなぜだか腹が立たなかった。

「だが、聞いておいてよかった。今日は私もハオランどのの前では恥じらってみせよう」

「はい、よろしくお願いします」

それにしても可笑しなやり取りだ。キーシャオさまが恥じらっておられるところを見てみたい。ハオランさまは……きっと優しく昨夜のことを労《ねぎら》い、気にかけてくださるのだろうな……そう思うと、シュンリュウは淋しくなった。

「うなじは噛まれなかったであろうな？」

キーシャオは真面目《まじめ》な顔で確認してきた。

「はい」

契りを交わしても、皇帝や皇太子、皇統にかかわるアルファはオメガのうなじを噛まないことが後宮のならわしなのだそうだ。今後、どのような寵姫《ちょうき》が現れるかわからない。後宮内で争いが起きないようにと定められたことだと聞いていた。

（後宮か……他の方を娶られるなんて嫌だな……）

まだ初夜を共にしただけだというのに、そんなことをシュンリュウは思った。

「時に、シュンリュウ、おまえの部屋だが」

キーシャオは話題を変えてきた。

「昨日の部屋に籠《こ》もり、誰にも顔を見られぬように過ごしてもらいたい」

「それは、閉じこもっているということですか？　部屋から出ることなく？」

「そうだ。何か用があればここにいる女官たちに言えばよい」

「そんな……それは無体なことでございます」

シュンリュウは訴えた。一日中、部屋から出てはならぬなど、軟禁と同じではないか。

「お願いでございます。何か仕事をお与えください。宮廷の方のお目の届かないところで、どんな下働きでもいたします。部屋の外に出られないなど、息苦しくて、気が違ってしまいます！」

「確かに、下々の下働きをしているような場に、宮廷の方々がお出ましになることはありません。皇太子殿下と鉢合わせるようなことはないかと」

女官のひとりが進言してくれた。キーシャオは思案顔になる。

「ここまできて、何も働かなくともと思うが……女官相手に遊んでいればいいものを」

「私は働くこと以外に、日を過ごすことを知りません」

碁を打ち、菓子を食べ、余興を見て、着飾って……？

平民の僕はあなた方とは違うのです――そこまでは言わなかったが、キーシャオはシュンリュウのその言葉に思うところがあったのか、「わかった」と答えた。

「ただし、学びの時間と身を清める時間、そして私への報告の時間は確保する」

「ありがとうございます！　キーシャオさま」

そうして、シュンリュウは王宮の裏庭の仕事を与えられた。草をむしったり、落ち葉や枯れ枝などを拾ったりする仕事だ。裏庭は日射しが強く、日除《ひよ》けに頭から布を被る者が多い。宮廷の者が訪れることはないとはいえ、シュンリュウには願ってもないことだった。

ずっと畑仕事をしていたから、土に触れられることも嬉しかった。

日が暮れたら、それで仕事は終わりだ。みな、与えられた宿舎や家に帰っていく。ベータたちは相部屋だが、オメガは発情の関係で、狭いけれども個別に小屋を与えられていたこともありがたかった。

ハオランのお召しがある時は、部屋に伝令が届く。シュンリュウは急いで秘密の通路を使ってキーシャオの許へ行き、食事をとって身を清め、閨に上がるのだった。

シュンリュウにとって忙しい日々が始まった。仕事を終え、横になればそれだけでいっぱいという小屋でも、宮中の緊張から解かれ、ほっとするひとときはありがたいものだった。

だが、実際、そんな日はあまりなかったのだ。ほぼ毎晩、ハオランはキーシャオ（シュンリュウ）を閨に呼ぶ。シュンリュウはキーシャオとしてハオランに抱かれる夜が続いた。

正直、疲れている日であっても、ハオランに抱かれるとシュンリュウは身も心も癒《い》やされた。ハオランの顔を見ることが嬉しく、蜜柑の君と同一人物ではあり得ないとしても、シュンリュウはハオランに惹かれていく自分を止められないでいた。

「今日の馬上試合は手に汗握るものであったな……そなたはあまり好かないようであったが」

（そう、今日は馬上試合を殿下と見物したけれど、血を見るのが嫌だったとキーシャオさまは仰《おっしゃ》っていた）

戯れながらの睦言《むつごと》に今日の話題が出ても、キーシャオとは打ち合わせ済みだ。シュンリュウは眉間を少し険しくしてキーシャオのように答える。

「はい……血が怖かったのでございます」

「昼間は嫌悪していたようだったので、謝らねばならぬと思っていたのだが……それほどに怖かったのか？　そんな泣きそうな顔をして」

（しまった！）

もっともっと、本当に嫌そうにせねばならなかったんだ。怖いというよりも。

シュンリュウは反省するが、同じ眉間に皺《しわ》を寄せた顔でも、自分はキーシャオほどに嫌悪感あふれる顔に見えないということが、シュンリュウにはわからなかった。

表情を変えようと、シュンリュウはハオランに背を向ける。その様子が、ハオランには拗《す》ねているように見えてしまったようだった。

「思い至らず、すまなかった……今度はそなたの好きなものをともに観よう」

ハオランはシュンリュウの肩に手をかけ、耳朶《じだ》を甘噛みする。そこも『良い』のだということをとうに知られてしまっていた。

「機嫌を直してくれぬか？」

「そんな……怖れ多いことで、ございます……っ、あ」

シュンリュウはたまらず甘い息で答えてしまう。『良い』ところに触れられると、とたんに身体がとろけ出してしまうのだ。

ハオランは耳朶を舌でもてあそびながら、夜着を乱して手を滑らしてくる。脇《わき》から腰の稜線、膝裏、そして乳首……『良い』ところは増えていくばかりなのだ。

「私は、ハオランさまにこうして……かわい、がっていただける、だけで……」

シュンリュウはもう我慢ができず、身体を反転させてハオランに向かい両手を差しのべる。来てください……その健気な様子がいかにハオランを煽るのか知りもせずに。そうしてもつれ合い、シュンリュウは何も考えられなくなってしまうのだ。

その後、キーシャオらしく振る舞えなかったことを反省し、キーシャオには不服そうな顔をされたり、叱られたりする。

だが、いつも抱かれるばかりではない。時には碁を打ったり（キーシャオに教えられ、シュンリュウはキーシャオを負かすほどの腕前になっていた）ハオランの酒の相手をしたりして寛《くつろ》ぐこともある。そういう日は寄り添ってただ眠る。かと思えば、閨に上がったとたんに情熱的に抱きしめられることもある。ハオランは言うのだった。

「そなたの肌に触れれば、疲れも溶けていく。だが、私が、そなたを抱きたいばかりでないこともわかってほしいのだ。そなたは私の癒やしだ」

優しく抱き寄せられる。なんという嬉しいことを仰ってくださるのだろう。

喜びが湧き起こる傍らで、シュンリュウはハオランのことを思いやる。きっと、次の皇帝になられる御方として大変なことがたくさんあるのだろう。とても疲れた顔をしておられる時もある。

「私でよろしければ、お疲れになったことや、ご気分を害されたこと、悩んでおられることをお話しくださいませ。声に出すだけでも、お気持ちが晴れることもありましょう」

「キーシャオ……」

ハオランは目を瞠っている。驚いた顔が次第に喜びに満ちていく。

（……言ってしまった！）

我に返った時にはもう抱きすくめられている。キーシャオさまがおられながら、僕はなんて出すぎたことを……！　確かに今、僕はキーシャオさま……なのだけど。

「ありがとう。キーシャオ」

目の前の愛《いと》しい男が困ったり、疲れているさまを見て、放っておくことなどできなかった。この方を癒してさし上げたい。だって、だって僕の大切な御方だから——。

だんだん、キーシャオの替え玉妃であるという自覚が脆《もろ》くなっていくようで、気を引き締めねばと思うのだが、どうにもキーシャオのように振る舞うことができないのだ。ハオランに思いが募れば募るほど……。

「そなたは、閨ではこんなにも可愛く、優しいのだな……」

ふと、ハオランが呟く。——前にも言われたことがあった。シュンリュウは心臓がひやりとする。

——私は普段からハオランどのに甘えたりしない。そもそも、政略結婚でつながった間柄だ。だから、おまえも閨では淡々としていること。

この国に来た頃、キーシャオに重々言われてきたことだ。その後、シュンリュウの報告を聞き、自分でも恥じらってみせるようにすると言っていたが、上手くできていないのだろうか。

キーシャオが誰かに恥じらう姿は想像できない。だが、恋仲の男にはそういう可愛い顔を見せるのだろう……キーシャオの立場もせつなくて胸が苦しい。

シュンリュウは取り繕った。

「素直な性格でなくて、申しわけありません……」

「いや、そういう態度の差も愛しいのだ。きっと、そなたは人見知りな質《たち》なのだろう。だが、私がそなたを愛しく思っていることには変わりない、キーシャオ……」

口づけられながら寝具に沈んでいく。そうだ、ハオランさまが愛しいのは僕ではなくキーシャオさま……。シュンリュウは自分に言い聞かせる。だが、哀しみを思い知ってしまっても、シュンリュウは彼の胸に縋ってしまうのだった。


「子はできそうか？」

いつものように前夜の報告をしていると、ふとキーシャオが訊ねてきた。

「御子……！」

シュンリュウは真っ赤になる。確かにいつ子ができてもおかしくないほどに愛されているが、今まで夢中で、ハオランとの営みにもやっと慣れてきたところだ。子を孕まねばと思う余裕はなかったし、ハオランもそういう話をしてはこなかったのだ。

「私はもうすぐ発情期なのだが、おまえは？」

「わ、私もそろそろかと」

「顔が似ていると、そんなところまで似るのだな」

キーシャオは妙にしみじみとした口調だった。

「抑制剤を飲んでいるとはいえ、発情期に交わると子ができやすいという。おまえも身籠《みごも》るかもしれぬな。ハオランどのはいかにも子どもが好きそうだから、さぞ喜ばれるだろう」

「は、はい」

自分がここに子を孕むなんて——シュンリュウは下腹に手を当てる。そしてハオランを思うと、呼応するかのように下腹がずくんと疼いた。

（ああ……っ……）

淫らな声が出そうになり、懸命に呑み込む。そして、キーシャオのしみじみとした顔を見上げた。

「僕が孕めば、キーシャオさまは喜んでくださいますか？」

「当たり前だろう。『私の』子だぞ。これでアルファの男児なら、役目が果たせるというものだ」

役目――キーシャオの答えは淋しいものだったが、いつもの不遜《ふそん》さが薄らいでいるように感じた。なんだか安堵《あんど》するような。

（キーシャオさまも、愛する方の子を孕みたいのだろうな……）

オメガの皇子として与えられた重責はいかばかりか……その重荷を軽くしてさし上げるためにも、僕もがんばらなくちゃ。そして思ったそばから真っ赤になる。

（がんばるって、がんばるって……何を？）

「何を赤くなっておる」

「キーシャオさまのためにもがんばらなくてはと思ったら……」

正直に打ち明けると、今度はキーシャオが信じられないほどに赤くなった。まるで、顔から湯気が出ているのではないかと思うほどに。

「そ、それは当たり前だろう！　何を今更……！」

キーシャオの照れた怒り声を背に、シュンリュウは下働きの仕事に戻る。布を被り、地面に固く張った根を鎌で掘り起こしながら、シュンリュウは（ごめんね）と三叶草に謝った。

（ごめんね。白くて可愛い花が咲いてるのに）

田舎ならば、三叶草の草っ原は人々の憩いの場だ。寝転がって日向《ひなた》ぼっこをしたり、子どもは白い花を摘《つ》んで冠を編む。恋人たちは、見つければ幸せが訪れるという四つ葉を探す。だが、宮廷では裏庭といえど景観が損なわれるというので、すべて掘り起こしてしまうのだ。

この中にも四つ葉があったかもしれないな。ふと思うと、ハオランに足首の四つ葉の痣を見つけられたことを思い出してしまった。

──私たちは幸せになれる。そなたが幸福を連れてきてくれたから。

（ハオランさま……）

シュンリュウは胸の前でそっと手を組んだ。ぎゅっと握りしめ、余りある幸福感に耐える。

（ハオランさまは、子ができたら喜んでくださるだろうか……その、お世継ぎである前に自分の子として）

それが女の子であっても、アルファでなくても喜んでくださる。シュンリュウはそう信じることができた。

だがシュンリュウは、自分が子を産んでも、キーシャオの子として育てられること、何よりも、ハオランが愛しく思っているのはキーシャオなのだから……。そして、皇統に自分の血が混じることを思うと、心が重くなるのだった。

替え玉妃、その心がハオランの子を孕みたいという思いを押し留《とど》める。それに、子ができなければ他の妃を娶られるかもしれない。誇り高いキーシャオには、それは耐えがたいことだろうし、自分も責任を果たせないことになる。

(母さんを救ってくださったのはキーシャオさまなのだから)

仕事が終わり小屋に戻ると、今宵《こよい》もお召しとの文が届いていた。どきん、と胸が高鳴る。

ざっと汚れを落として着替えると、シュンリュウはキーシャオの待つ部屋へ向かった。

「今宵はお肌の色がうす桃色に染まって、大変お美しゅうございますわ」

入浴と着替えを手伝ってくれる女官がほうっと感嘆の息を漏らす。

「そ、そうですか？」

「それに、とてもよい匂いがいたします」

発情が近いからだ。そう思いながらも、シュンリュウは笑顔を作る。

「きっと、湯に入れてくれた芙蓉《ふよう》の花のせいです」

「今宵は、練り香水は必要ありませんわね」

女官はシュンリュウに夜着を着せながら言った。最後にキーシャオの検分があって、シュンリュウはハオランの待つ閨へと上がる。

「キーシャオ、会いたかったぞ」

今日は、ハオランは最初からシュンリュウを胸に抱き寄せてきた。

「ハオランさま……今日一日、お顔を合わせる機会がなかっただけではありませんか」

素直に喜びを表したいけれど、シュンリュウはキーシャオの真似をして、少しツンと、呆《あき》れたような表情で答えた。

「それに、昨日も閨でお会いしましたのに……」

「会いたかったのだから仕方ない」

ハオランの笑顔と言葉……シュンリュウはハオランに縋りつきたい気持ちをぐっと耐えた。ハオランはシュンリュウを胸に抱いたまま、語り始める。

「今日は、忍びで町へ出かけたのだがな……」

彼は時々こうして民の様子を知るために、身をやつして町へ出る。その日は、町で見かけ、驚いたこと、面白かったことなどを語って聞かせてくれるのだった。

シュンリュウは町の話を聞くのが大好きだった。ハオランも楽しそうだし、自分も嬉しい。キーシャオのようにツンとしていることを忘れてしまうくらいに、声を上げて驚いたり笑ったりしてしまうのだった。

「ハオランさまは、本当にお城の外へ出かけられることがお好きなのですね」

「ああ、好きだ。城の外どころか、渋々ながら父上の許しを得て、気ままに諸国を放浪していたこともある。世の中や諸国の様子を知るために本当に貴重な時間であったし、私も身軽な格好をして、自由な時間を満喫した。もう、あのような時は得られまいだろうがな……ああ、もちろんそなたの故郷、ウー国にも行った。賑やかな港町があって、活気が素晴らしかった」

（きっと、ケイの町のことだ）

シュンリュウの胸は早鐘を打ち出した。いつ頃のことなんだろう。もし、もし――あの頃であったなら。いや、そんな偶然あるはずがない。自分に言い聞かせていた時だ。

「そういえば」

ハオランはふと思い出したように語り始めた。

「その港町で、私は荒くれ者たちに連れ去られそうになっていた青年を助けた。どうやら男娼館に連れていかれそうになっていたようで……。賑やかな町にはそういった裏側の顔もある。本当にひどい話だが」

シュンリュウは呼吸も忘れて固まっていた。

ケイの港町、荒くれ男たちに攫《さら》われそうだった青年、男娼館……。それは、シュンリュウが忘れられなかった、ハオランとそっくりの男の記憶……様々な符号があてはまる。

（やっぱり……？　でも……まさか……）

「それで、彼はせめてもの礼にと言って、売り物だった蜜柑をくれたのだ。喉が渇いていて一気に食べてしまったが、とても甘い香りがした。あの蜜柑は本当に美味《うま》かった。よい思い出だ」

蜜柑……。

シュンリュウの心臓は再び動き始める。そんな、そんなことって……。

「そういえば、そなたとその青年はどことなく雰囲気が似ているな。顔は布で隠されていたのだが、声も……似ているような気がする。あれからどうしたか。無事にしていればよいが……」

「彼は、ハオランさまに助けられて、本当によかったですね」

なんとかして言葉を絞り出す。黙っていては変に思われると思ったのだ。

ハオランさまだったのだ、あの方は。

他人の空似ではない。ハオランさまご本人だったなんて。もしかして、僕とハオランさまが出会うのは運命だったのだろうか——喜びで身体が疼き出す。弾けるように甘い匂いが放たれた。

（あ……）

「匂いが強くなったな。むせ返るほどに甘い……」

ハオランはぞくりとするほど艶を含んだ目をしていた。

「女官が……湯浴みの時に芙蓉の花を浮かべたので……」

「いや、そういう匂いではない」

「ああ、ハオランさまも……っ」

シュンリュウの匂いに刺激され、ハオランもアルファの雄の匂いを強くさせていた。その香を嗅《か》いでしまったら――。

「あ、あ、……ん、ハオラン、さま……っ」

初恋の、蜜柑の君はハオランさまだったのだ……思えば思うほどに、身体は熱を帯び、たまらなくなってシュンリュウはハオランに縋りついた。いつもは彼に任せ、自分から誘うようなことはしないのだ。だが今はもう、だめだった。

「熱い、です……私を可愛がってくださいませ……っ」

「キーシャオ……！」

ハオランはシュンリュウを寝台に組み敷き、唇を重ねてきた。シュンリュウは自分で夜着の合わせをはだけ、ハオランの手を誘い入れる。

「淫らな、ことをして、申しわけありません……あ、ん……っ」

シュンリュウは謝りながら身をよじるように悶える。乳首を捉えられたからだ。

「何を言う……おまえに求められ、これほど嬉しいことはない。きれいだ、キーシャオ……可愛い……」

――ああ、その名を呼ばないで……僕は、僕は本当は……。

「んっ」

唇を吸われ、思考が脆くなっていく。体感がとろけていく。その夜、二人は何度も愛を交わし合った。あなたとひとつになってしまいたい……受け止めたハオランの精は、オメガの子宮へと流れていった。幸せで、そしてせつない夜だった。


「ふう」

シュンリュウは息をついて首筋の汗を拭った。

カゴに草を集めて運んでいたのだが、前まではなんともなかった仕事が最近、辛く感じられる。怠さが抜けないというのか……。カゴを下ろして座って休憩し、シュンリュウは今朝《けさ》のキーシャオとのやり取りを思い出していた。

『昨日、二人きりになった時、昨夜は無理をさせてすまぬとハオランどのに謝られたぞ』

『ええっ、それで？』

『どんな顔でいればいいのかわからぬので、とっさに扇で顔を隠し、大事ありませんが宮中でこういうお話は困ります、と言って逃げた。だがおまえ、そんなに激しいことになっているのか？』

『あ、あのいつも申していた通り、とても可愛がっていただいておりますが……』

ハオランと蜜柑の君が同一人物だったとわかってから、シュンリュウは思いが募り、ハオランへの愛しさがあふれ出していた。そのためもあって最近は営みが一度では済まず、二度、時には三度と繰り返されている。だが、キーシャオにそこまで言うのは恥ずかしくて、大まかに『可愛がってもらっている』と話していたのだ。

『それを報告せぬか！』

キーシャオは眉をつり上げて、シュンリュウを叱った。

『そ、その……回数……までもでございますか』

『当然だ。昨日のようなことがあるのだからな』

『そんな……閨でのことをそこまで話すのはご容赦ください』

真っ赤になって抗議すると、キーシャオは尊大な口調で問い詰めてきた。

『シュンリュウ、おまえ、ハオランどのに恋しているのか？』

『め、めっそうもない！　そのような怖れ多いことは……！』

慌てたシュンリュウにキーシャオは意味ありげにふふっと笑う。

『そうであったとしても、私は一向にかまわない。いっそ、このまま入れ替わってしまってもいいくらいだ。どうだ？　シュンリュウ』

『私に皇子さまのふりなど無理でございます！　薄暗い閨だけだからこそ……』

『馬鹿が。本当にするわけがないだろう。だが、恋しい者と抱き合うことのできるおまえが羨《うらや》ましいと思っただけだ』

『キーシャオさま……』

――シュンリュウは胸が痛かった。ハオランを恋慕っていることも知られてしまった……。

なんともやりきれない気持ちになり、シュンリュウは仕事に戻るために立ち上がった。

「持ってってやるよ」

声をかけられ、シュンリュウはもの思いから我に返った。

ひょいっと草で満杯のカゴを軽々と持ち上げられる。なんだろうと振り向くと、自分と同じ下働き装束の男がひとり。

「あ、ちょっと休んでいただけで大丈夫ですから……」

申し出を辞退しようとすると、男は小さな声でこう言った。

「あんたに話があるんだ。このまま一緒に歩いてくれ。俺はレンという」

誰？　まさか間者では？　身構えるシュンリュウだが、男は思いもかけないことを言った。

「怪しまないでくれ。俺は怖れ多くもキーシャオさまの恋人だ。あんたに感謝してもしたりない人間だ」

レンは黒い短髪で、見るからに平民の男ベータという感じだったが、ベータとしては背が高く、ウー国で宮廷の警備隊にいたという。花嫁の旅に随行してファン国に渡り、そのまま下働きとしてここに潜入しているのだと語った。

「せめてキーシャオさまの側にいたいと思って……あんたのことはキーシャオさまから聞いている」

「そうでしたか……」

レンはキーシャオの女官とシュンリュウ以外の者は知り得ないことも知っていた。彼の真剣な表情からも、彼の話は真実だと信じることができた。

「こうして布を被っていても、キーシャオさまと本当によく似ていることがわかる」

草でいっぱいのカゴを軽々と傾け、レンは集積場所の草の山にばさっと捨てた。そうして再び、シュンリュウとレンは草の根っこを引き抜く作業に戻った。二人とも地面を見ているので、より小声で話しやすくなる。

「しかしまさか、身代わりのあんたがこんなところで下働きをしているとは思わなかった」

「宮廷の方々がここへおいでになることなんてないでしょう？　ここにいる皆も皇太子妃のお顔を知らないと思いますし」

「そりゃそうだ。木は山へ隠せってやつだな。だが俺はてっきり、後宮の奥の間で匿われていると思っていたよ。キーシャオさまもそう仰っていたし」

「ずっと働いてきたので、何かしていないと落ちつかないんです。僕は、夜だけのお役目だし……キーシャオさまとはどうやって連絡を？」

シュンリュウはより声を潜めた。

「俺が飼い慣らした鳥を使って、念のために暗号で……。ウーにいた頃から二人だけにしかわからない暗号なんだ」

「暗号を、そうでしたか」

「ああ」

レンはちょっと得意そうだ。きっと二人で一生懸命考えたんだろうな……。シュンリュウは、キーシャオのその様子を想像して微笑ましくなった。彼もレンの前では可愛いところを見せるのだろうな……。

シュンリュウはふっと心が温まったが、レンは声を潜めながらも熱い口調で感情を吐き出した。

「俺は、キーシャオさまが他の男に抱かれていると思うと、血が煮え立つような思いがする。だから、あんたには感謝してもしたりない。本当に、こんなことに巻き込んでしまってすまない。キーシャオさまも同じ思いだが、あの方は自分の感情を正直に表すことが苦手なんだ。でも、心からそう思っている。それは信じてくれ」

「ええ」

気位の高さから、きつい物言いをされることはしょっちゅうだが、シュンリュウはレンの言葉に心からうなずくことができた。

「わかっています」

答えると、レンは嬉しそうに笑って「ありがとう」と頭を下げた。

4

キーシャオがハオランに嫁いで数ヶ月が過ぎ、ウーよりも南方にあるファン国には遅い秋が訪れようとしていた。そしてシュンリュウは、自分がハオランの子を孕んでいることを知った。

発情期の頃に抱き合ったから予測はしていた……。一方で、シュンリュウは愛する男の子どもを授かったこの上ない幸せとともに、これから出産までハオランに会えないという、どうしようもない淋しさや不安を抱えていた。

子を孕んでいることを確認した産婆はキーシャオの手の内の者であり、シュンリュウの前で恭しく「皇太子殿下の御子を授かられましたこと、心よりお喜び申し上げます」と告げた。近くで見守っていたキーシャオも、めずらしく破顔して「よくやった！」と声をかけてくれた。

キーシャオは皇帝とハオランにも報告し、

「お二人とも大層喜んでおられた」

と報告したが、闈で出会ったハオランの喜びようは、シュンリュウの予想の遥《はる》か上を行くものだった。

「ありがとう。キーシャオ」

彼はシュンリュウを優しく抱きしめてくれた。

「宮中では喜びを思う存分に表現できなかったが、ずっとこうして、吾子《あこ》ごとそなたを抱きしめたくてたまらなかったのだ。明日からもう会えないなどと、私は気が違いそうだ」

「ハオランさま、喜んでいただけて嬉しゅうございます」

顔中に降る口づけの雨の中、そう答えると、ハオランはシュンリュウの下腹をそっと撫《な》でた。

「当たり前だろう。私の愛する者の子どもだぞ」

世継ぎだから――という言葉は出てこない。愛する者、とはっきり言われてシュンリュウの涙腺《るいせん》は決壊してしまった。

「ハオランさま、ハオランさま」

「ああ、そなたも喜びの感情を我慢していたのだな。今は思い切り泣くがよい……」

抱きしめられ、口づけを受けて、シュンリュウはむせび泣く。

幸せなのに――どうして僕は替え玉妃なのだろう。自分で選んだ道といえど、思わずにいられなかった。まさか、初恋の蜜柑の君がハオランだなどと、考えもしなかった。そして、皇統に庶民の血を混ぜてしまったことが怖れ多い。結局はハオランを欺いていることが辛い……。

「しばらく会えないのだから、笑った顔を見せておくれ」

ハオランの言うように、孕んだ妃は占いによって良い方角と決められた地へ宿下がりをするのだ。子が無事に生まれ、妃の体調が戻るまで……。実に一年近く会えないことになる。ともに腹の子を慈しむ時間はないのだ。

これは宮中だけでなく、庶民であっても同じだった。世の母親たちは、この期間をどうやって乗り越えたのだろうとシュンリュウは思う。

――母さんもそうだったんだな……。

そう思うと、なんとか耐えられる気がしてきた。

宿下がりは東の方角だった。故郷のウー国の方角だ。宮中と変わらない豪奢《ごうしゃ》な屋敷にキーシャオと住まい、シュンリュウは箸《はし》の上げ下げもさせてもらえないほどにかしずかれる毎日を過ごしていた。男オメガは子宮が未熟なので、より安静にせねばならぬというのだ。

楽しみなのは、一日に二度の散歩だ。それも庭園を歩くだけだったが、外の空気を吸うことは心地よかった。

（せめて、レンだけには事情を伝えておきたかったな）

でも、キーシャオさまを通じて知っているか……そう思うと、シュンリュウはハオランを思い、より淋しくなってしまうのだった。

嫁いでからほぼ毎日、肌を合わせてきたのだ。淫らだといわれても、心だけでなく身体も淋しくて……だが、子を孕んでいる辺りを撫でさすることしかできない。

ハオランから文は来ているようだが、読むのはキーシャオで、それなりに返事を書いているようだった。

シュンリュウがハオランの文を見ることはない。ハオランに文をすることもない。それは自分が替え玉妃だからだ。わかりすぎている答えを繰り返し、ただ腹の子を愛おしみ、悶々《もんもん》としながらも、月が満ちてシュンリュウは元気なアルファの男児を産んだ。

隣で元気に泣いている子を見て、シュンリュウははらはらと涙した。その子にはもうしっかりとハオランの面影がある。確かに自分が産み出したハオランの息子なのだ。

（幸せ……）

ハオランさまに早く顔を見ていただきたい。自分によく似た子を見て、目を瞠って、それから……。

「どうだ、この元気な泣き声は！」

シュンリュウのささやかな幸せの想像は、キーシャオの普段よりも大きな声に遮られた。

「キーシャオさま、アルファの皇子でした……ほっとしました」

生まれた赤子の三性は、男女の性別と同じように、すぐにわかる。アルファであれば額に、ベータは手のひらに、そしてオメガは下腹に、薄い朱の痣が現れるのだ。そして、その痣は数日で消えていく。

額の朱を見て、さすがに嬉しいのだろう。キーシャオは満面の笑みでシュンリュウを讃《たた》える。

「シュンリュウ、本当にご苦労だった。元気な良い子を産んでくれて！　しかもアルファで男児だ。私もこれで肩の荷が下りたというもの」

喜びの方向性がまったく違うが、キーシャオがこれほどに喜んでくれることは嬉しかった。

「ありがとう」

ぶっきらぼうな声がつけ加えられた。照れがあるのか、キーシャオは横を向いている。

シュンリュウはキーシャオの礼に正直に驚いたが、やがて心がほっこりとした。

「お役に立てて、幸せです」

そうなんだ。替え玉妃であっても、愛する人の子を産めたのだから……シュンリュウはこの時初めて「男オメガに生まれてよかった」と思ったのだった。

「キーシャオさま、お願いがあります」

頼むなら今しかないと、シュンリュウは床についたまま、キーシャオを見上げた。赤子は泣き止《や》んで、すうすうと眠っている。振り向いたキーシャオの目を、シュンリュウは真っ直《す》ぐに見上げた。

「宮中へ戻るまでの間、私に御子のお世話をさせていただきたいのです」

キーシャオははっと驚いた表情でシュンリュウを見た。しばらく考え込んでいたようだったが、ややあって短く答えた。

「いいだろう」

「本当ですか？　ありがとうございます！」

おおよそ、許されないだろうと思っていたのだ。シュンリュウは目を輝かせた。

「宮廷に戻れば、どうせ養育係が育てるのだからな」

「いけません、キーシャオさま！」

だが、すかさず女官のひとりが反対を訴える。

「天子さまに連なる御子は皆、養育係が育てるしきたり……お産みになった妃が育てると、ひとりの御子に愛情が執着してしまいます。御子はすでに妃の子にあらず、この国の宝なのです！」

「だから宮廷に戻るまでと言っているではないか」

　キーシャオは煩《うるさ》そうに女官を睨《にら》む。

「そ、それに私は妃ではありませんので……」

　キーシャオが掩護《えんご》してくれている。シュンリュウは力を得て、細々ながら意見を申し立てた。

「乳母のひとりだと思っていただけないでしょうか」

　女官は不満そうな顔をしている。キーシャオは懇願するシュンリュウを見て、淡々と告げた。

「シュンリュウは私の代わりにハオランどのの世継ぎの御子を産んでくれたのだ。それくらいの褒美は当然だ」

　そのひと言で場は終結した。キーシャオの口調は決して優しいものではない。だが、とてもシュンリュウの心に沁《し》みるものがあった。

「あまり、情を移さぬように」

「はい。お許しいただき、ありがたき幸せでございます」

　シュンリュウは潤んだ目でキーシャオを見上げたのだった。

宿下がりの間は、出産したオメガ以外は男子禁制である。

だから、ハオランは皇太子といえ、父といえ、この場に出入りすることはできない。産んだ妃が子を連れて戻るまで、顔を見るのは叶わないのだった。

妃が宮廷に戻るまでは身体の回復を見込み、約ふた月。その間、シュンリュウは着替えをさせたり、湯を使わせたり、抱っこしてあやしたり……授乳を見るのも幸せなひとときだった。

(早くハオランさまにご覧いただきたい)

ハオランからは矢のように文が来ているようだ。子が生まれるまでは文の内容など伝えてこなかったキーシャオだが、今では時々、何が書いてあるかを知らせてくれることもある。

『とにかく顔が見たくてたまらぬ。誰か吾子の顔を描いて送ってくれぬか』

「本当に困る。こんな願いなど。ハオランどのはもともとお心が子どものようというか、庶民に近いところがあると感じていたが」

キーシャオはぶつぶつと文句を言う。

「それで、どのようにお返事されるのですか？」

世を見つめる慧眼《けいがん》と、民を理解しようとする心、そして生来の茶目っ気がハオランさまの魅力なのです！　言いたい心を抑え、シュンリュウは訊ねた。

「まあ、こんな感じだ」

「それは、猿ではありませんか！」

「こんなものだろう。赤ん坊など」

「いいえ、いいえ」

シュンリュウは近くにあった筆を取り、紙をもらってさらさらと描き上げた。だが……。

「丸の中に点が二つ、鼻と口が棒ではないか。これなら私の方がましだ」

キーシャオは大笑いした。

彼がこんなに声を上げて楽しそうに笑うところなど、初めて見た……！　シュンリュウは驚きながら訊ねる。

「だ、だめでしょうか……」

「せっかくならおまえの描いたものも同封しよう。世話係の者が描いたものとして。ハオランどのがどのように採択をされるか楽しみじゃないか」

そう言って、キーシャオは二枚の似絵を懐にしまったのだった。

――こうして、シュンリュウと赤子の蜜月《みつげつ》は過ぎていった。明日はもう、宮廷へ戻る日だ。戻れば、今度こそ赤子はシュンリュウの手から引き離される。

『あまり情を移さぬように』とキーシャオに戒められたが、やっぱり無理だった。涙ながらに我が子を抱きしめ、シュンリュウは旅立つ前の数日間、子と一緒に眠った。

そんなことは庶民の所業で、高貴な方のされることではない、と詰《なじ》る女官もいたが、キーシャオが言い含めてくれているのだろう、風当たりはそれほど強くなかった。キーシャオの代わりにアルファの男児を産んだのだ。大目に見られていることもあっただろう。

(僕が替え玉妃でなければ、あの小屋でこの子とずっと一緒にいられたのか……)

思わずにはいられないが、だが、それでは愛するハオランの子を産むことなどできなかった。

――ハオランさま。シュンリュウは思いを馳《は》せる。

二人でこの子を囲むことは叶わないけれど、やっとお会いできるのだ。これまでのように抱いてくださるだろうか。また、子を孕めるといいな……今度は女の子も。ハオランさまと僕に似た子がたくさん生まれるといい……。

だが、それはまた一時ハオランと離れ、やがて子と引き離されるということだった。背中合わせの幸せと淋しさで、ハオランの心は大きく揺れた。

そうして、シュンリュウとキーシャオは赤子を連れて、ハオランが待つ宮廷へと旅立った。

宮廷に着くやいなや、シュンリュウは赤子と引き離された。ここからはキーシャオが赤子を抱いてハオランの前に参上し、名を受けるのだ。そして、今夜は出産後の初床になるかもしれないからと、シュンリュウはキーシャオの奥の部屋へと留め置かれた。

旅の途中から、赤子はずっとキーシャオが抱いていた。シュンリュウから離れる時、赤子は泣いたが、シュンリュウは唇を噛みしめて耐えた。

「赤子とは抱きにくいものだな」

「まだ、首がしっかりとすわっておりませんから……」

「ふうん……」

キーシャオはそう言っただけ。ハオランの許に戻るため、二人はしっかりと口裏を合わせる必要があった。キーシャオはそれなりに赤子の様子を頭に叩き込んでいたが、抱くのは「落としそうで怖い」と拒否していたのだった。

赤子と対面したハオランはとても喜び、積極的にその腕に抱いたという。

『ハオランさまにとてもよく似ていると思います』

『ああ、本当に……我が子をこの手に抱ける日が来ようとは、このような幸せは知らなかった。キーシャオ、本当に感謝する。このように元気な可愛らしい子を産んでくれて』

赤子の名は、俊熙《ジュンシー》と名づけられた。才能と光に満ちあふれるという意味だ。ハオランが願いを込め、占いなどを頼らずに自ら名づけたのだという。

キーシャオから話を聞き、シュンリュウは幸せでならなかった。ハオランが御子を抱いて喜んでくれた、素晴らしい名前をつけてくださった……。

「おまえは産んだ本人だからそのように喜べるのだな」

涙を浮かべるシュンリュウに向かい、キーシャオは淡々とした口調で言った。

「私は、御子をお披露目するという喜びの演技が難しかったから疲れた……。ハオランどのがあのように喜ばれたから余計に。しばらくの間、抱いていたし、緊張して腕も痛い」

「それは、あの……お疲れさまでございました」

なんと答えてよいかわからず、シュンリュウはキーシャオを労った。的外れかもしれないが。

（まるで、苦行のように言われる……自分が産んだ子ではないから？　赤子はそこにいるだけで周りの人を笑顔にすると思っていたけど……。キーシャオさまはもともと、子どもがお好きではないのかもしれない）

　代わってほしい。シュンリュウは切に思った。だが、自分は替え玉妃だ。子を手放し、淋しくなることは承知していた。だが、現実は自分の身体の一部をもぎ取られたかのように辛かった。

　抱いて、頬ずりして、あやしたい……お世話をしたい。それが叶わぬのなら、ハオランさまと御子のことを話し、喜び合いたい……。

『よくぞ産んでくれた』

　ハオランさまはそう言ってくださるだろう。抱きしめて、この淋しさを癒やしていただきたい……。

　今や、ハオランとの再会だけが心の支えだった。だが、キーシャオは子を産む以前よりも淡々と冷たくなってしまったように感じる。

（ぶっきらぼうだったけど、ありがとうって……言ってくださったのに）

「ああ、産後の体調がよくないので、しばらく閨の時間はなしにしていただきたいとハオランどのに申し上げておいたから、おまえもそのつもりで」

シュンリュウの思いを裏づけるように、キーシャオは突き放すように告げる。

「ええっ」

思わず反応してしまい、しまった、と思った時には遅かった。キーシャオに見据えられる。

「女人たちも産後は身体を厭《いと》い、しばらく交わりを避けるという。男オメガもそうして何か不都合があるか？　その間、皇太子や天子さまは他の妃の許を訪れられるのだ。ハオランどののように、妃がひとりという方がめずらしいのだ」

「申しわけありません……」

項垂れるシュンリュウに、なおもキーシャオはたたみかける。

「おまえがアルファの男児を産んでくれたからとりあえずは安心だが、この先、大国の姫が輿入れしてくるとも限らない。後宮では、男オメガよりも女人の方が位が上だ。そうすれば、私は后《きさき》にはなれず、一介の妃で終わるかもしれない。そうならないためにも、必ずもうひとり、アルファの男児を産んでもらいたい」

（必ずって……）

「それは、命令でございますか？」

「そうだ」

キーシャオははっきりと言い切った。

ハオランさまに抱かれて子を孕むのは幸せだ。だが、アルファの男児でなければならないのか？　僕は結局、子を孕む道具なのか。哀しみが次々襲ってくる。アルファとか、男児とか、そういう縛りなしで、ハオランさまと愛し合った結果、子を授かるのではないのか。

ハオランもきっと、そういう縛りは望んでいないだろうとシュンリュウは思えた。女の子でも、オメガでも愛してくださる。喜んでくださる。そんな確信があった。だが、だからこそキーシャオの物言いは辛かった。

「承知いたしました」

そう答えるしかなかったが、キーシャオからのあまりの言われように、心には哀しみを通り越して可笑しさが込み上げてきてしまった。

（いったい、僕は何を承知したんだろう。アルファの男の子ができるまでハオランさまと睦み合うこと？　じゃあ、僕は皇子キーシャオとして、何人孕めばいいの）

「では、失礼いたします。おつとめの沙汰《さた》をお待ちしています」

丁寧に頭《こうべ》を垂れ、シュンリュウは下働きとしての小屋へ下がっていった。

我が子に会えないのはもちろん、しばらくハオランにも会えない。まさに子を産む道具呼ばわり……母親が世話になっているとはいえ、この企てを守るために、文をやり取りすることも叶わず……。わかっている。すべて承知したのは僕なんだ。でも、でも、せめてハオランさまに会いたい……！

シュンリュウはいささか自棄《やけ》になっていた。下働き小屋の、わら布団の床に飛び込み、ぐーっと大の字になる。

（こうなったら、ハオランさまが可愛がってくださる限り、僕はたくさんの御子を産むからな！）

――だが、カラ元気もそう長く続かなかった。

昼間は気晴らしにと、草取りの仕事に出た。戦の先陣を切るかのような勢いで草を片づけていくシュンリュウを見て、下働きの仲間たちが声をかけてくれる。

「そんなに張り切って大丈夫なのかい？　病で下がってたんだろ」

ここではそういう話になっている。故郷に帰ってしばらく養生すると。シュンリュウは自分を鼓舞するように、元気に答える。

「心配してくれてありがとう。ほら、もうこの通り。腕がなまって仕方ないよ！」

「それならいいけど、あんまり無理すんなよ」

さりげない優しさが嬉しい。他の男オメガや女人のことは知らないが、身体はすこぶる調子がよかった。だが、替え玉妃としては、産後の調子が悪く伏せっている状態なのだ。こんなに元気なのにな、と苦笑が込み上げる。

（そうだ、レンはどこだろう）

レンがどこまで事情を知っているかはわからないが、とにかく今、話ができそうなのはレンだけだ。だが、レンの姿は見えなかった。

（レンとキーシャオさまは会ったりはしていないのかな……）

ふと思う。レンは何も言わなかったから、シュンリュウもキーシャオにレンと出会ったことは告げていないが……。

（会いたいだろうな……）

もしかしたら、キーシャオさまは淋しかったのかもしれない。シュンリュウは思った。

自分が替え玉としてであってもハオランに気に入られ、可愛がられ、そして子を産んだ。この企《たくら》みがキーシャオのわがままなのだとしても、愛する人に触れることさえ叶わない自分を思い……。

（羨ましかった？）

だからあんなに当たりが強かった？

キーシャオ自身、そんな気持ちに陥るなど、思っていなかったのかもしれない。替え玉と自分は、はっきりと切り離していた。それが、替え玉に感情移入するようになるなどと。

がんがん働いていたのに、感傷的になってしまった。シュンリュウは複雑な思いで小屋に戻った。これまでならば、お召しの文が届いていないか胸を高鳴らせ、戸を開けたものだ。だがしばらく、そのときめきは訪れない。

(しばらくって、どれくらいなんだろう……)

淋しい気分で、たてつけの悪い戸をがたがた開けた時だった。

「!」

シュンリュウは一瞬、息を呑んだ。わら布団の上に、紙を結んだ文があるのだ。それは、いつもの薄桃色の紙ではなく、白いものだった。だがそんなことにも気づかないほど夢中になって、シュンリュウは文を解いた。

とたんに紙から立ち上る、深く甘い香り。香が焚《た》きしめられているのだ。その香りは懐かしく、シュンリュウはそれが誰からの文であるのかを知った。

「ハオランさま……」

――身体は大丈夫か。昼間も顔色が悪く心配していた。しばらく会えないということで正直、淋しく思っているが、そなたの身体が第一だ。二人でジュンシーに会いに行きたい。そなたを抱きしめ、私にこのような幸福をくれたことの礼を言いたい。私のわがままばかりで申しわけないが、どうか身体を労《いたわ》り、早く元気に……。ハオラン――

シュンリュウの目から涙があふれ出た。ああ、僕もあなたにお会いして抱きしめられたい。二人でジュンシーさまに会いに行ければ、どんなに幸せか……！

文を抱きしめ、その香に包まれる。ああ、ハオランさまの香りだ……。文に何度も口づけ、シュンリュウはしばらくその幸せに浸っていた。

（でも、どうやってこの文が僕のところに？）

文が届くならキーシャオの許だ。まさか、ハオランがすべて気づいているとは思えない……。

思い立ち、シュンリュウは身なりを整えて抜け道を通り、キーシャオの部屋へと急いだ。八の刻、キーシャオはもう寝《やす》んでいるかもしれないが、いつも伝令を担っている女官に何か聞けるかと思ったのだ。

だが、キーシャオは起きていた。寝椅子にゆったりと横たわり、甘い香の茶を飲んでいた。

「キーシャオさま……」

「ああ、来るだろうと思っていた。文のことだろう？」

肩ではあはあと息をしているシュンリュウを横目に、キーシャオは茶器を優雅に口に運んだ。

「産後によいという、ヨモギとサンヤク、たんぽぽなどを調合してあるらしい。これもハオランどのから届けられたものだ。私が飲んでも仕方ないのだがな。どんなものかと思って」

そうしてまた茶を口にする。

「薬茶と違って、甘味があり飲みやすい。だが、やはり私よりおまえが飲むべきだ。その文と一緒に届ければよかったな……お優しい方だな、ハオランどのは」

どきどきしているシュンリュウの前、キーシャオはとうとうと語る。

「で、ではあの文は……」

「もちろんここへ届いたものだ。だが、これは私への文ではない。おまえが読むべきものだと思った。だから届けさせた」

「お、お返事はどのように」

「私が適当に書いている」

「あ、ありがとうございます……!」

適当にってそんな……思わずにもいられなかったが、喜びの方が勝る。シュンリュウはキーシャオの足元にひざまずいた。

「このように大切なものを……。この文がどれだけ僕を幸せにしてくれたことか……言葉では言い足りません。本当に僕がいただいてよいのでしょうか」

「おまえのものだと言っただろう。この茶も持って帰れ。これも、ハオランどのがおまえのために用意したものだ。いずれ、閨で話題になることもあるだろうからな。もちろん私も知っておかねばならないから……それだけのことだ。わかったらもう下がれ」

その夜、シュンリュウはハオランから届けられた茶を飲み、文を抱きしめて眠った。

キーシャオの気持ちが嬉しかった。だが、子を取りあげられてしまっただけでなく、ハオランとも会えない。その絶望感の中に、ふとキーシャオへの嫉妬《しっと》が生じてしまった。

（キーシャオさまはこうして文も、茶も届けてくださったけれど、昼間はハオランさまとともに、御子に会いに行かれているのではないだろうか――）

あと、どれくらいこんな夜を過ごせばいいのか。哀しみの中、シュンリュウはふと思った。

（そうだ、昼間も、ともに御子に会いに行く時だけ、キーシャオさまと入れ替わらせていただけないだろうか）

そんなことをすれば、さらにややこしくなる。キーシャオが許すはずはない……。だが、シュンリュウは祈らずにいられなかった。何に？　誰に？　遥か遠い昔、この大地を平定し、国を建てられたという神さまに？

なんだか違う気もしたが、シュンリュウはとにかく祈った。

（お願いです。どうにかして御子に、そしてハオランさまに会わせてください。キーシャオさまのお気持ちが変わりますように。そうすれば、僕は替え玉妃を今以上に、もっとがんばります）

祈るしかできない自分、しかも、こんなにも拙《つたな》い祈り。替え玉妃をがんばるって……。祈りというよりも決意表明だ。だが、シュンリュウは懸命に祈った。そうしたら――。

二日後の夜、働いて小屋に戻ってきたら、また文が届いていたのだ。香を焚きしめたものとは別の紙で、添え文がしてある。

『ハオランさまより届いたものだ。ハオランどのは、私のことをつれないと思っておられるようだ。身体のことをさらに心配してくださっている。昼間、顔を合わせているというのにあのお方はまったく……』

（まったく、なんだっていうんですか）

自分でも気づいてはいたが、身分の高いキーシャオに対し、シュンリュウは同志のような思いを感じ始めていた。秘密を共有する仲間だ。キーシャオはそんなふうに思っていないだろうが……。だが、だからこそもどかしくて、こんな文句も心の中で唱えてしまうのだ。

まったく、心配性？　まったく、気遣い性？　言葉をいくつかあてはめていたら……。

（まったく、私のことを愛しすぎている……？）

そんな言葉が浮かんだ。キーシャオならば言いかねない。

『私』の中には僕も入るんだろうか……。入っていればいいな。キーシャオさまの一部としてでいいから。

シュンリュウはそんな思いに縋り、ハオランからの文を読んだ。

キーシャオの身体を案ずる心が綴《つづ》られ、子、ジュンシーへの思い、キーシャオが元気になったなら、もっと三人でジュンシーとの時を持とう——と書いてある。まるでハオランが、もっと心を許してほしいと、キーシャオへ懇願しているようにも感じられる文面だ。

確かに、シュンリュウが子を産んでから、キーシャオは気性が不安定になっているように感じる。投げやりだったり、かと思えば優しかったり……。それは、レンへの思いに連なるのかもしれないが……。

『早く、そなたと二人きりで閨で会いたい。決して無理はさせぬと誓うゆえ、体調が良い日があれば、どうか私のわがままを許してほしい』

文の最後に書かれたハオランの願いに、シュンリュウはせつなさを抑えることができず、涙をぽろぽろ零した。こんなにも真っ直ぐな思いってあるだろうか。

シュンリュウは、このような文を授けられるキーシャオを心底羨ましく思った。もちろん自分は毎夜でも会いたいのだ。抱きしめられたいし、御子の様子も聞きたい。だが、自分の思いは伝えることができないのだ。

――僕は、替え玉妃だから。ああ、話が、どんどんややこしくなっていく。

(キーシャオさまは、どうお返事されたんだろう……)

高貴な方々というのは、文を通して気持ちをやり取りするなんて、面倒なことをされるものだ。言葉で直接伝えればいいのに……。シュンリュウは村にいた頃のことを思い出していた。そもそも、読み書きできる者が少ないのだが、そういう問題ではないという気がする。

キーシャオの返事がどうであったかはわからないまま何日かが過ぎた。シュンリュウにとっては、ただ耐えるだけの日々だった。そうして、やっと届いたのだ。正式な、ハオランの「訪れ」を示唆する文が！

(今夜……！)

これ以上は不自然と、キーシャオは体調不良の体《てい》を解いたようだった。

これまでのように、キーシャオの部屋で身を清め、閨でハオラン殿下をお待ちするようにと記してある。女官からの連絡ではあるが、シュンリュウはその文をぎゅっと胸に抱きしめた。

逸《はや》る心を抑え、秘密の通路を通ってキーシャオの奥の間へ。キーシャオに会うのも数ヶ月ぶりだったが、彼は変わらず淡々とした様子で、いくつかの注意を授けた。

「よいな、まずはご心配をかけたことを詫《わ》びること。私は子ども自体が苦手だと言ってあるゆえ、時々しかジュンシーの顔を見に行っていない。ともにと誘われることもあるが……。ハオランどのは度々ジュンシーの許を訪れているようだが、御子については、私のように振る舞うこと」

「えっ」

ハオランに詫びはできるけれど、ジュンシーについてそんな振る舞い……ジュンシーの様子は、知りたくて、知りたくてたまらないのに……。

「わかったなら閨へ入れ」

「……はい」

シュンリュウの立場としては、従うしかできない。シュンリュウは立ち上がり、頭を下げた。だが、頭を上げたその時――。

（キーシャオさま？）

気のせいかもしれない。だが、キーシャオの美しい弧を描いた眉が、心なしか苦しそうに歪んでいるように見えたのだ。

「闇で会うのは久しぶりだな」

薄闇《うすやみ》の中で会うハオランは以前よりも男らしさが増していた。

肩幅も胸板も厚くなったように感じ、目を奪われてしまう。およそ、一年半ほども会えなかったのだ。シュンリュウは彼の胸に飛び込みたい衝動を懸命に堪えた。キーシャオとハオランは、昼間は何度か会っているのだから、本来、『久しぶり』ではないのだが。

「はい、私の身体のことで、大変お待たせいたしました」

丁寧に指をついて、言われた通りに詫びをする。だが、あふれそうな愛しさで指先は微《かす》かに震えていた。

「この日を心待ちにしていたぞ。身体は本当にもう良いのだな。こうして、抱きしめてもかまわぬのだな」

ハオランはシュンリュウの側に寄り、突然といってもよいほどにその身体を抱きしめ、首筋に顔を埋《うず》めてきた。

「宮中では触れることも叶わぬ……私は早くそなたとこうしたかった」

（ああ……いいなあ、キーシャオさまは。これほどに愛されていて……）

思ったら涙が湧いてきた。だが、シュンリュウは健気にも涙を堪えて答えた。

「そんな急に……お恥ずかしゅうございます」

自分では上手く言えたと思ったのだ……だが、ハオランは騙《だま》せなかった。

「泣いているのか？」

「いいえ。そんな……」

「いや、泣いている。そなたの目から涙の匂いがするのだ。なぜ、嘘《うそ》をつく」

ハオランさま、前と違う？　僕は宿下がりする前よりも、素っ気なく接しているつもりなのに。

「うそ、など……」

ハオランにしては少々強引に唇を奪われる。深く押し当てられ、舌も入ってくる。だめ、そんなこと、され、たら……！

「ああ……身体の線がまろやかになっている。オメガは子を産むと身体が艶《なま》めかしく変わるというが……これほどまでとは」

口づけられたままで、肩から脇、腰、そして脚の線をなぞられる。

「……っ」

反応したいのを堪え、身体を強張らせようとする。だが無駄だった、シュンリュウの身体は、ハオランに触れられて勝手に緩んでしまうのだ。よじれてしまう身体を受け止めてくれる胸の厚さに下腹が疼く。子を孕ませたアルファもまたきっと、身体が逞しく変わるのではないだろうか。

「……どうしたのだ今日は。せめて閨の中では甘えておくれ……以前のように。キーシャオ……」

「ハオラン、さま……っ」

もうだめ、耐えられない。ごめんなさい、キーシャオさま――シュンリュウはハオランの胸に溺れてしまう。

「まことに、閨のそなたは可愛い……」

前にも言われた。シュンリュウにとっては、嬉しくも、そして怖くもある呪文《じゅもん》だ。だが、素直になったシュンリュウに、ハオランの優しい愛撫《あいぶ》と口づけは止まない。ハオランの声で言われたら、シュンリュウは抗えない。

（ああ……）

ハオランの腕に抱かれて、シュンリュウは幸せな快感を覚えた。極みまで連れていかれて、ただ、ハオランの名を呼ぶことしかできない。ハオランはくったりとしたシュンリュウの額にそっと口づけ、再び腕の中に収めた。

（終わり……？）

これまでなら、最後まで交わってくださるのに……。久しぶりすぎて何かいけなかったのだろうか。淫らに甘えすぎた？　だがシュンリュウの心配をよそに、ハオランは穏やかな表情でシュンリュウを見下ろしていた。

「少し、そなたと話がしたい」

「は、はい、なんでございましょうか……」

改まって話だなんて、シュンリュウの心臓は痛いほどに打つ。ハオランは静かに口を開いた。

「我らの子、ジュンシーのことだが」

「は、はい」

たとえ自分が産んでも、皇統を継ぐ御子。ジュンシーさまと呼ぶようにとキーシャオから注意を受けていた。皇統といわれると、我が身を思い、心が竦みそうだ。キーシャオさまはなんであんなに平然としていられるのだろう。きっとキーシャオさまの心臓は鋼でできているに違いない。

だが、今はそんなふうに嘯《うそぶ》く余裕などなかった。生後二ヶ月ほどで別れた我が子……！

もう、ひとりで座ったり、鈴の玩具を好んでいると聞いている。

「ジュンシーさまを見ておりますと、赤子が大きくなるのは、まことに早いものだと感じます」

キーシャオを真似てはっきりと。我が子への思いを封じ込め、シュンリュウは懸命に演技をした。

「そなたは今の状況をなんとも思わぬのか。子を好かぬ質とはいえ、親が自分の子を側におけぬなど、この慣例は間違っているとは思わぬか」

ハオランはシュンリュウの目を真っ直ぐに見つめてきた。強い光を放つまなざしだ。

「私はジュンシーが愛しくてたまらないのだ。そなたと私で、ジュンシーを育てたいのだ」

そなたと私……たとえそれがキーシャオを差していようとも、シュンリュウは演技を忘れてしまった。ハオランの熱いまなざしに、シュンリュウは涙を堪えることができなかった――。

あの子に会いたい。成長したジュンシーを抱っこして、あやしたい。数ヶ月前の寝顔や、ばたばたと手足を動かす様子が思い出されて、シュンリュウは混乱した。ハオランの腕の中から起き上がり、訴える。

「私、私は、ずっと、ジュンシーさまのお側にいたい……いたいのです。ハオランさまと、ともに……」

ハオランは目を瞠る。しまった、と思った時には、シュンリュウはハオランに抱き寄せられていた。

「そなたはなぜ昼間、今のように素直に振る舞えないのだ？　いや、振る舞ってくれないのだ？」

「あっ、あの……っ」

「私は今のそなたが、閨のそなたが本来の姿なのだと信じる。私に非があるならばなんでもあらためよう。頼む……本来のそなたをもっと見せておくれ」

(僕は、怖れ多くも皇太子殿下になんということを言わせているんだ……！)

いや、言わせているのはキーシャオの方なのかもしれない。もう、わけがわからない。

シュンリュウは目を伏せた。

「……子が、苦手だったはずなのに、夜になると、恋しくなるのです……」

言い訳の白々しさ。ハオランさまはこんなに自分をさらけ出してくださっているのに。

結局、僕はこうして身体で愛を乞《こ》うことしかできないのだ。

「抱いて、ください……」

シュンリュウは夜着をはだけて、滑らかな上半身をさらけ出した。

「もう、頭の中がいっぱいで、上手く説明できないのです……。何も、考えられないようにしてください……」

そんなごまかしがハオランに通用するわけがない。だが、ハオランは何も言わず抱きしめてくれた。


キーシャオに言われた通りにできなかった。だが、キーシャオに昨夜のハオランとのやり取りを報告せねばならない。

(だめだよシュンリュウ。しゃんとして。これはお役目なんだから……)

自分を励ますために吐いた「お役目」という言葉に傷つきながら、シュンリュウは、とつとつと閨でのやり取りをキーシャオに語って聞かせた。

「バカか！　あれほど言ったのに！」

予想通り、キーシャオはシュンリュウを叱責《しっせき》した。お役目を果たせなかったのは本当だが、バカはないだろうと思ったら、シュンリュウは自分でも信じられないが、キーシャオに反論していた。

「産んだ子に会いたいと思うのは、そんなにいけないことですか？」

いつもおとなしいシュンリュウの反論に、キーシャオは驚いて目を瞠っていた。

「それがおまえの役目だろうと言われればそれだけですが、もう、心が抑えきれないところまで来てしまったのです……ジュンシーさまに会いたい。ハオランさまとともに……キーシャオさまはそんな気持ちをわかってはくださらないのですか？」

「……ふん、まるで子どもの駄々ではないか」

少しの間のあと、キーシャオは言い捨てた。きれいな眉は微かに歪んでいる。

「そうです。僕は駄々をこねているのです」

そしてシュンリュウは開き直る。どうしたのだろう。今日は、キーシャオに対しても思いがあふれ出して止まらなかった。なぜだか、受け止めてくれているように感じられたのだ。

「辛いのです。御子に興味がないように振る舞うのも、ハオランさまに嘘をつくのも……」

「すべてはおまえがハオランどのに恋をしたから……か」

その台詞は、優しいようにも、やれやれ、といったようにも感じられた。とっさに、シュンリュウは言いすぎたことに気づき、頭を垂れる。

（キーシャオさまだって、苦しい恋をしておられるのに……）

その思いは告げず、シュンリュウは感情的になったことを、皇子の身分にある彼に、楯《たて》突《つ》いたことを詫びた。

「申しわけありません。言いすぎました……」

「おまえの気持ちはわかった」

信じられないことに、キーシャオは項垂れたシュンリュウの肩をぽんと叩いた。まるで友人や身近な者にするような所作だった。シュンリュウは驚いて顔を上げる。

「バカなどと言って悪かったな」

「いえ、それは……」

詫びられて、シュンリュウは驚きのあまり言葉に詰まってしまった。

「なんだ、その顔は」

よほど口をあんぐりと開けていたのだろう。キーシャオは眉間を険しくした。だがそれは嫌な表情ではなく――。

「いえ、キーシャオさまが謝られたので」

「前にも言っただろう！　私とて、謝ることくらいはあるわ！」

(照れておられる？)

キーシャオは少し赤くなっていた。変わらず眉間は険しいままだが、シュンリュウは、彼を可愛いと感じてしまう。……同じ顔なのだが。

「だが、このままでは替え玉であることがばれてしまう。聡明《そうめい》な殿下は、もう感づいておられるかもしれない」

「……はい」

可愛いと思ったのも一瞬、キーシャオはいつもの厳しい表情に戻っていた。シュンリュウは項垂れて答える。

「今後は私も芝居をして、ジュンシーさまを愛しく思い、ハオランどのとともに過ごす時間を増やすゆえ、今後、おまえも閨では過剰にならぬよう気をつけるように」

(キーシャオさまが歩み寄ってくださった？)

それはシュンリュウにとって大きな驚きであり、喜びだった。今日は驚くことが多い。心はついていくのに必死で余裕がない。だからシュンリュウは今日一番の願いを口にしてしまった。

「どうか、一度だけでも私にその場をお与えください！」

ハオランどのと、御子とともに過ごすひとときを——シュンリュウはキーシャオの衣服に縋った。

「お願いです。そうすれば、今後、閨ではしっかりと自分を保つようにいたします！」

キーシャオの目が見開かれている。自分と同じ顔が。

しばし、沈黙が横たわった。キーシャオがそれほどまでにシュンリュウのわがままに呆れているのか、それとも、何か他のことを考え込んでいるのか——。

「わかった」

キーシャオは神妙な顔で答えた。シュンリュウはぐっと息を呑む。

「だが、それは私への協力と引き換えに」

協力？

シュンリュウとキーシャオは見つめ合った。まるで鏡を見ているように。

「早く、もうこちらでお待ちです」

声を潜め、シュンリュウはレンを促した。

「本当に、あんたにはなんて礼を言えばいいのか……」

「僕だけじゃありません。これはキー……」

名前を言いかけてシュンリュウは口を噤《つぐ》む。ここは、ベータたちの使用人小屋から離れた一角で人気は少ないが、誰が聞いているかわからない。その名を口にしてはいけない。

「これは、あの御方と僕で決めたことなのです。さ、早く」

シュンリュウの小屋では、下働きに身をやつしたキーシャオが待っている。すべての秘密を知る女官に手引きされてここへやってきたのだ。レンが中へ入れば、次はシュンリュウがいつもの通りに秘密の通路を、キーシャオの隠し部屋へと急ぐ。ただ、違うのは時間帯だ。いつもは黄昏《たそがれ》どきだが、今はまだ日が高い。

シュンリュウがハオランと御子のジュンシーと過ごすためにキーシャオが出した「引き換え」とは、自分とレンの逢瀬《おうせ》に協力することだった。

もちろん、これまでハオランと昼間に会ったことはない。自分から望んだことであるが、うまく替え玉を通せるか。それ以上に、キーシャオとレンの逢引《あいび》きは危険を孕んでいた。もし、自分たちが入れ替わってこうしていることが明るみに出たら、キーシャオとレンの首が飛ぶことは間違いない。

『おまえやジュンシーは命がなくなるようなことはないだろう。いざという時は皇子として私が責任をとる』

キーシャオはそう言った。シュンリュウは胸が引き絞られるようだった。

（キーシャオさまは命をかけておられるんだ）

それほどまでにレンのことを……今までずっと耐えておられたんだ。そのはずだ。愛していればその御方と結ばれたいもの。

（僕は愛されているわけじゃないけど……そうだ、これはハオランさまへの偽りを重ねることでもあるんだ……）

思ったら辛くて辛くて……だが、今は思い悩んでいる時間はない。自分の小屋の戸を少しだけ開けて、その隙間にレンを押し込む。戸を閉めたら、中からかんぬきをかける音と、キーシャオがレンの名を呼んだ声が聞こえた。

（だめだよ、キーシャオさま、声には気をつけないと……）

いつも小難しい表情のキーシャオがレンに甘える様子が思い浮かばない。でも、よかった。とりあえずは上手くいった。次は自分の番だ。

シュンリュウは隠し部屋へと急いだ。キーシャオの女官たちが待ちかまえていて、シュンリュウをキーシャオへと仕立て上げる。いつもは薄物の夜着しか着ていないが、蝶《ちょう》が縫いとりされた美しい着物をまとい、髪を結い上げたシュンリュウは、鏡を見て驚かずにいられなかった。

（これが、僕？）

そこにいるのはキーシャオだった。周りの者たちも、ほうっと感嘆の息をついている。

「なんてお美しい……キーシャオさまそのものですわ」

「明るいところで、ちゃんとキーシャオさまに見えるかな？」

「見えますとも。でも、もう少し眉を凛と意識した方が」

「こ、こうかな」

鏡に向かって何度も眉を確認する。そうするうちに、ハオランの迎えがやってきた。

（ハオランさま、いろいろごめんなさい）

もう、何に謝っているのかもわからない。だが、これから彼とジュンシーとひとときを過ごせるのだ。高まる胸を抑えながら、シュンリュウはキーシャオの部屋を出た。

「ハオランさま！」

なんと、ハオランが直々に迎えに来てくれたのだ。ハオランは嬉しそうに、シュンリュウの手を取る。

「今日はそなたとジュンシーとともに過ごせると思ったら、いてもたってもいられなかったのだ」

（ハオランさま……）

キーシャオの仮面が外れそうになるのを、シュンリュウは必死で耐えた。眉を凜として、演技、演技……！

「嬉しゅうございます」

少しツンとして答えると、ハオランは頷き、手をつないだまま、ジュンシーの部屋へと歩き出した。

（い、いいのかな。このままで。キーシャオさまならば、ここで手を離されそうな……）

すっと手を引こうとした。だが、ハオランはシュンリュウの手を逃さず、それどころか指を絡めてきた。

頰に朱が差すのは止められない。ハオランが見つめてくるので尚更《なおさら》だ。

「こ、このように昼間から、恥ずかしゅうございます。周りに人もおりますのに」

「だが、今日のそなたならば許してくれるような気がしたのだ。なぜだかわからないがな」

片目を瞑った茶目っ気のある表情には陥落してしまう。だが、指を絡められると、抱かれている時の感覚が蘇ってしまうのだ。悦《よろこ》び喘《あえ》ぐ、自分の声が耳の奥で再生される。

（発情してしまいそう……）

僕をこんなに淫らにしたのはハオランさま、あなたですよ。心の中で責任転嫁な文句を言って身体を鎮めようとする。まじないのように唱える。

（鎮まれ、鎮まれ……）

だが、シュンリュウのそんな悶々も、ジュンシーの顔を見たら、吹き飛んでいった。

（あ……）

シュンリュウにとっては五月《いつき》ほどを隔てた再会だった。我が子はハオランに向かって、にこにこしながら、腕を伸ばしている。

（もう、こんなに大きくなってるんだ。別れた頃は、まだ首もすわっていなかったのに……！）

「ほうらジュンシー、今日は母上も一緒だぞ」

我が子を抱き上げ、ハオランは本当に幸せそうだ。ジュンシーもよく慣れているようで、抱っこされてご機嫌だ。

「あぶ」

だが、ジュンシーは明らかにシュンリュウには人見知りした。だあれ？　と言いたげな顔でハオランに縋りつく。

（きっと、僕がキーシャオさまじゃないことをわかってるんだ。赤子はそういうことにとても敏感だというし……）

心の中で葛藤《かっとう》が渦巻く。抱きしめたくてたまらないのに……！

「ジュンシー、母上に人見知りするのもいい加減にしなくてはな。いくらしばしの間、会っていなかったとはいえ」

ハオランは苦笑している。シュンリュウは驚いていた。キーシャオにも？　しばしの間とは、キーシャオは、それほど御子に会いにきていないというのか。

「だが、今日の母上はなんだか感じが違うのだぞ」

「あ……ジュンシーさま、こちらへ……」

我慢できず手を差し伸べると、ジュンシーは最初こそ怪訝《けげん》な顔をしていたが（眉間を険しくしたその顔も可愛くてたまらないのだが）、すぐにシュンリュウの腕に身を委ね、にっこり笑った。

「あぶっ！」

そして、きゃっきゃ言いながら顔の横に垂らした艶やかな髪をぎゅっと引っ張ってくる。その痛みさえ幸せ以外の何ものでもなく、シュンリュウは我が子を抱きしめていた。

「ジュンシーさま……！」

泣いたらだめだと思ったが、そんなことは無理だった。嗚咽《おえつ》も涙も止まってくれない。ハオランは震える肩をそっと抱きしめてくれた。

「そなたもそのように泣くのだな」

ハオランの口調には深みがあった。キーシャオの様子に安堵しているのか、それとも何か感じることがあるのか……。確かに今日のハオランはどことなく意味深な感じがした。

「あ……赤子を抱く、のが怖かったのです。ましてや、自分の産んだ御子。嫌われているのではと……」

（これでいいよね、キーシャオさまと言い合わせた通り……）

でも、いくらなんでも泣きすぎだ。化粧も取れ、鼻は真っ赤に違いない。

「お見苦しいところをお見せして……」

言いかけたシュンリュウの唇はハオランによって封じられる。

（ハオランさま……）

愛するアルファに、我が子ごと抱きしめられている。キーシャオなら……という理性はどこかに行った。これほどの幸せがあるだろうか。

女官や護衛の者たちは席を外していた。親子水入らずを思ってのことだろう。

この部屋には三人だけ。二人に挟まれたジュンシーがご機嫌な声を上げる中、シュンリユウはハオランの唇をずっと受け止めていた。


その夜は、ジュンシーが眠りにつくのを見届けて、二人はそのまま閨へと入った。

さっきまで父と母として我が子に接していたのに、今はアルファとオメガとして欲情のままに肌を重ねているのだ。

「もうひとり、子が欲しい」

「そんな、ハオランさま……あっ」

脚をなぞられながら、ハオランが訴えてくる。

「今日、そなたとジュンシーと時を過ごして、そう思ったのだ……」

「やっ……」

（ハオランさま、さっきからそこばっかり……）

「嫌か？」

淋しげにハオランの目が陰る。

「私は、そなたが幸せそうに子に接しているのを見て嬉しかった。だから、もし二人めを授かったなら、自分たちで子育てができるようにと先走ってしまったのだが……違うのか？　やはり、子は苦手か？」

優しい手がそっとシュンリュウの頬を撫でる。

「いいえ、その、嫌ではなく……」

シュンリュウが頬を染めると、ハオランははっと表情を変え、そして笑ってくれた。

「そうか、そちらの方だったか。それはすまぬ。そなたが可愛いものだからつい、そこばかり責めてしまったのだ」

シュンリュウもつられて笑った。目の前の逞しい胸が覆い被さってくる。

（ハオランさまのこういう飾らないところが大好き……）

幸せいっぱいのシュンリュウはハオランの胸に頭を預け、ほうっと息をつく。キーシャオさまも今頃、レンの腕の中でこうしているのかな……。思いを馳せた時だ。

「キーシャオ」

ハオランに呼ばれ、シュンリュウは顔を上げた。

「私はそなたとの子が欲しい」

真面目な顔だった。はい、とシュンリュウも頷く。

（キーシャオさまも、もうひとりくらい、と言われていたし、いいよね……）

自分ももちろん、愛するアルファの子が欲しい。ハオランに望まれたことが幸せでたまらない。

「私も、ハオランさまの御子をまた孕みたいと……」

「それは、この結婚を強固にするために言っているのではないのだな？」

意外な問いかけにシュンリュウは驚かずにいられなかった。

「子が苦手なそなたに無理強いすることはできぬ。そなたが心から私たちの子を孕みたいと思ってくれるのであれば……閨に政治の話など持ち込んですまぬ」

詫びるハオランに、シュンリュウは懸命に答えていた。

「そ、そんなことありません！　ハオランさまが望んでくださるのなら、もっと、三人だって四人だって！」

今度はハオランが驚く番だった。目を見開いているハオランに、シュンリュウは（しまった！）と自分を戒める。

キーシャオさまはそこまで思っておられないのに。そしてしゅんとしてしまう。

（僕は、本当にそう思っているけど……ハオランさまの御子をもっと孕みたい……）

「どうした？」

ハオランは心配そうな顔で覗き込んでくる。ああ、眉間を寄せられたそのお顔も、何もかも大好きなのに、僕は、僕はキーシャオさままでなくシュンリュウなんだ。

「申しわけありません。はしゃいで余計なことを……」

「何を謝ることがある。私は嬉しかった」

「ハオランさま……」

「では、できるだけ早く、という合意でよいのだな」

ハオランは少年ぽく、やんちゃな感じの笑顔だった。ケイの港町で初めて会った日もこんなお顔をしていらした。わざと「合意」だなどと固い言葉を使って、照れておられるのかもしれない。シュンリュウは返事の代わりに目を閉じる。

抱き寄せられ、甘い唇が下りてきたら、シュンリュウはもう何も考えられなくなってしまう。

5

翌朝、シュンリュウはキーシャオと顔を合わせることなく、自分の小屋へと戻った。本当はレンとの逢瀬《おうせ》の話を聞きたくてたまらなかったのだが。

(いくらなんでも、この国の皇太子妃であられる方に、そんなこと聞いては失礼、というか、だめだよね)

と自分を戒める。だが、キーシャオの幸せそうな顔を見たかったというのは許されるだろう。自分もあれほどに幸せな時を過ごし、礼も言いたかった。

それなのに、

(もしかしたら、キーシャオさま、初めてだったのかな)

(レンの前では、甘えたりされるのだろうか)

気がつけばそんなことを考えていて、シュンリュウははっと我に返る。

(僕というやつは……)

自分はこんなに下世話だったのか。戒めつつ、下働きの姿に着替え、草抜きの道具を持って外へ出た。すると、レンが駆け寄ってきた。

「昨夜《ゆうべ》は本当にありがとう。改めて礼を言うよ」

レンの顔から、身体《からだ》から、幸せが発散されている。二人の逢瀬も上手くいったのだ。

「いいえ、僕の方こそ、とても言葉では言い表せないくらいに幸せなひとときだったから」

「……さまからもシュンリュウに礼を伝えてくれと言われている。直接言うべきことだと思うが、きっと恥ずかしがっておられるんだと思う。だから許してあげてくれ」

「……さまがそんなことを？」

彼から礼を言われた時を思わず数えてしまう。子を産んだ時と、今回の取引と……あと、何回かあったっけ。レンはしみじみと口にする。

「お高くとまっていると思っているだろうが、あの方は、本当は感情を上手く出せない、恥ずかしがり屋なんだ」

「じゃあ、レンの前では本当の自分を見せておられるんだね」

「ま、まあな」

レンは真っ赤になって、急に「さあ、仕事仕事！」と、枝払いをする木に登り始めた。

そんなレンの様子を見るだけで、二人が愛を育んだであろうことがわかる。

（よかった……二人の役に立てて）

　そして何よりも、自分も幸せをもらったのだ。あの砂糖菓子のように甘くふわふわした時間を思うにつけ、せめてもう一度……と願わずにいられない。

（ハオランさまと、ジュンシーさまと、もう一度……）

　そして、そのように願ったのはシュンリュウだけではなかった。キーシャオから「再び」と直々に申し出があったのだ。

「私にもおまえにも再度、危険な賭《か》けになることはわかっている。だが……」

　キーシャオはそこで口を噤《つぐ》んだ。唇をきゅっと嚙《か》んだ顔はほんのり朱に染まり、色香を感じずにはいられなかった。恥じらって、続きが言えないのだ。

　レンから話を聞いていたシュンリュウは、それだけで十分だった。愛する人に抱かれるあの幸せを、キーシャオさまにもっと味わっていただきたい。

「私こそ、至福の時を過ごさせていただきました。だから、もう一度」

「もう一度」

　キーシャオはしっかりとうなずいた。

　だが「もう一度」で終われるはずはなかった。キーシャオはシュンリュウの小屋でレンと逢瀬を重ね、シュンリュウはその間、ハオランとジュンシーと、かけがえのないひとときを過ごす。そのあとはそのまま閨《ねや》へ……。二人めの子を欲しがっているハオランと身体をつなぐのだ。

（こんなに幸せでいいのかな）

これは罪だ。自分とキーシャオは罪を犯している。いや、最初から僕とキーシャオさまは罪を犯していた。ハオランはじめ、多くの者を欺き……だが今の罪は甘すぎて、シュンリュウもキーシャオも抗《あらが》えなくなっている。

レンと逢瀬を重ねるようになり、キーシャオは少しずつ柔らかくなっていくようだった。幸せなのがわかる。——ただひとつ、キーシャオに子ができたらどうなるのだろうという気がかりがシュンリュウにはあった。

だが、それこそ立ち入ったことを訊《たず》ねるわけにはいかず……おそらく、ハオランの子として産むしかないのだろう。それはそれで、辛《つら》いことではあるけれども……。

（やっぱり、一度話した方がいいのかな……）

そんな、他者の心配をしていたある日、シュンリュウはハオランの子を身籠《みごも》っていることを知った。

待望の、二人めの御子だ。ハオランの喜びようはまさに太陽が輝くようで、皇帝に報告した時もその喜びを隠さなかったらしい。

「天子さまの御前だというのに、ハオランどのの、あの得意そうな顔といったら……」

キーシャオは思い出してくすくす笑いながらシュンリュウに語った。

「あのように、子どものように表情が生き生きしておられるのだな……今まで気づかなかった」

――そうやって、ハオランさまのことを笑顔で語られるキーシャオさまも初めて見ました。

言葉にはしないが、シュンリュウは心が温かくなった。

だが、妃《きさき》が孕《はら》んだなら、すぐに宿下がりせねばならない。

「しばしの別れを惜しんでくるといい」

「はい、キーシャオさまも……」

二人はそう言い合って、旅立つ前のひとときを入れ替わった。キーシャオからそうしようと言ってくれたのだ。

(キーシャオさま、変わられた……。前はあんなに難しい顔をされていたのに)

彼の表情が柔らかくなって、自分たちはますます似てきたとレンは言う。では、これからはハオランさまの前での演技が楽になるだろう。露見する心配も少なくなったかもしれない。

だが、安堵《あんど》しつつも、シュンリュウは淋《さび》しさを感じていた。ハオランが感じるキーシャオ像は、ぶれないものになっていくだろう。喜ばしいことなのに。

「ジュンシーとともに待っているから、無事に子を産んで戻っておいで」

ハオランに抱きしめられてその思いはいくらか和らいだが、これからしばらく会えないこともあって、シュンリュウは涙を堪《こら》えられなかった。その涙をハオランは指で拭《ぬぐ》ってくれる。

「私が御子を連れて戻ってきた時、ジュンシーさまはもう、歩かれているかもしれませんね」

「そうだな。そなたたちが戻ってくる頃は春だ。天気の良い日には皆で散歩に行こう。宮中の庭の川縁の柳をそなたに見せたい。春の柳はそれは見事なのだ」

男らしいまなじりが優しく緩んでいる。ああ、このお顔も好き……そして……。

「春の、柳でございますか？」

「ああ。桜も見事だが、私は柳が好きなのだ。風に枝をしならせながらも、しっかりと大地に根を張っているところが……。ああ、話が逸《そ》れてしまったな。……どうした？　キーシャオ」

「申しわけありません、嬉《うれ》しくて……」

春の柳が好きだと言われ、拭ってもらった涙は、またあふれて止まらなくなっていた。

なんという幸せな巡り合わせだろう。ハオランはまた優しく抱きしめてくれた。

「泣くな……別れが辛くなる。キーシャオ、そなたを離したくない」

「はい……」

「約束しよう」

ハオランはシュンリュウの目をじっと見つめてきた。

「私は、宿下がりや養育制度を見直すことを正式に進言する。皇帝であれ、誰《だれ》であれ、自分の子を自分で育てられるようにするのだ。なに、宿下りしたい者は今まで通りにやればよいだけのこと」

「本当に、そんな日が訪れれば夢のような……」

「夢ではない。実現するのだ」

ハオランは明るくからっと笑ったが、シュンリュウにとってはやはり夢だった。

（いつまでこうしてお側《そば》にいられるのかな……替え玉妃として）

キーシャオとレンも通じてしまっている。引き返せないところに来ているとはいえ、先が見えないことに変わりはなかった。

そうして、シュンリュウとキーシャオは宿下がりをした。

今回は南方の地で、冬とはいえ暖かく過ごしやすかった。キーシャオはレンのことを考えているのか、窓向こうの海をゆったりと眺めていることが多かった。キーシャオと話したいことはいろいろあるけれど、雰囲気的に切り出せない。シュンリュウは、キーシャオの側の敷物の上に座った。

――レンとは今後も逢瀬を続けられるのでしょうか？

(ぼ、僕は、わがままかもしれないけど、その、そうだといいな……)

――僕はずっと閨の替え玉妃として、ハオランさまのお側に？

(だめ……ハオランさまのことを考えると淫《みだ》らに身体が疼《うず》いてしまう……子を孕んでいるのに)

――もし、レンとの間に子を授かったら……？

(一番大事だけど、一番訊《き》けないよ)

「何を百面相しておるのだ」

シュンリュウは、まさに今、悶々《もんもん》と考え込んでいた当の本人であるキーシャオに声をかけられ、飛び上がらんばかりに驚いた。

「百面相だなど……そんなにおかしな顔をしていましたか？」

あんな顔やこんな顔を見られてしまった恥ずかしさで赤くなって答えると、キーシャオはすっと紙を差し出した。

「ハオランどのからの文だ」

文には紫色の美しい紐《ひも》が結んであり、開けた様子はない。

「……僕が読んでもよろしいのですか？」

「前にも言ったが、やはりこれはおまえへの文だ。私のものではないから、もう検分はせぬ。昼間の私に関することがあれば知らせてくれればよい。返事もかまわぬ」

「ありがとうございます！」

嬉しさのあまり、シュンリュウはキーシャオに抱きついていた。

「な、何をする！」

最近、少しずつ柔らかくなったといえど、基本、いつも平然としたキーシャオが心の底から慌てている。

「こら、離さぬかっ！」

「お許しください。キーシャオさまが高貴な御方であろうとも、僕はこれ以上の感謝の表し方がわからないのです！」

「腹の子も驚いているだろうが！　それに私は、おまえが同じオメガといえど、あれ以外の男に抱きしめられたくないのだ！」

「……あれ？」

シュンリュウは聞き逃さなかった。キーシャオは、はっと表情を変える。顔が耳まで真っ赤だ。自分の言ったことに気づかぬほどに慌てていたのだろう。

「ふふ」

「何が可笑《おか》しい！」

思わずレンのことを口にしてしまい、照れているあなたが可愛《かわい》いのです、などと言ったら、キーシャオは恥ずかしすぎて壊れてしまうかもしれない。だが、シュンリュウは頬《ほお》が緩むのを止められなかった。

「まったく……」

キーシャオはぶつぶつ言いながら、シュンリュウを寝椅子《ねいす》に座らせた。そして、自分も隣に座る。遠くから、波が寄せては返す音が聞こえていた。

「身体は大丈夫なのか？」

「はい、おかげさまで。腹の子もすくすく育っている感があります」

はしゃいで、却《かえ》って心配をかけてしまったのだろうか。シュンリュウはキーシャオを安心させるように元気に答えた。

「そうか」

そう言ったきり、キーシャオは口を噤んだ。だが、波の音が心地よくて沈黙も気にならない。シュンリュウはハオランからの文を懐にしまい、波の音に耳を傾けた。ハオランやジュンシーにも聴かせたいなと思いながら。

「子を孕むとは、どういう思いがするものなのだ？」

ふっと、キーシャオが沈黙を破った。その問いに驚き、そしてシュンリュウは、ハオランの文のことで喜びすぎてしまったことを思った。キーシャオは今、レンと文を交わすこともままならないのだから。

「申しわけありません、少々はしゃぎすぎました」

「そのようなことはよい。教えてくれ、子を孕むということを」

「それは……この上なく幸せなことでございます。相手が愛する御方であればこそ」

シュンリュウは正直に答えた。

「愛する者か……」

キーシャオの小さな声を、ざざん、ざざんと波の音がかき消していく。キーシャオは再び口を開いた、今度ははっきりとした声で。

「私は、男でありながら子を孕むことを強いられるオメガに生まれたことを、呪《のろ》って生きてきた」

シュンリュウは驚いて返事ができない。強いられる、という言葉が強く胸に刺さった。

「おまえは考えたことはないのか、そのようなことを」

「……僕は、母もオメガだったこともあって、命を育むことのできる尊さを教えられてきたと思います。確かに、身の危険を感じて煩わしかったことはありますが」

ハオランと初めて会った時もそうだった。男娼館《だんしょうかん》の主《あるじ》に連れ去られそうになったところを、彼が助けてくれたのだ。陽に焼けて、自由を満喫していたハオランだった。

「私の母もオメガだったら、そう教えてくれたかもしれぬな。だが、私はオメガとして蔑《さげす》まれた。両親にとって私は政略結婚の駒《こま》でしかなかったのだ」

「そんな……」

ずっと貧しかった。働いて、働いて……でも、母と二人で幸せだった。

(高貴な方には、その立場としての苦しみがあるんだ)

替え玉妃としてではあるが宮中に入り、キーシャオの言うことがわかるようになったとシュンリュウは思う。幸せは身分や富で測れるものではないのだと。

「おまえは、よい母親に恵まれたのだな」

「その母を助けてくださったのは、キーシャオさまです」

「そうだったか……」

また、波の音がざざん、ざざんと繰り返す。次に口を開いたのはシュンリュウだった。

「このようなことをお訊ねする非礼をお許しください……今、レンと出会われて、ともに過ごす時をもって、キーシャオさまは幸せですか？」

真っ直《す》ぐすぎる問いに、キーシャオは微笑《ほほえ》んだ。なんてきれいな笑みなんだろう。

「幸せだ。私を抱きしめてくれたのは、レンとおまえだけだ」

「そんな、キーシャオさま……っ」

「ああ、また泣くのか。本当におまえという者は」

キーシャオは苦笑しながら懐から絹を取りだし、シュンリュウに渡してくれた。

「運命のアルファと出会うなどと、夢物語も甚《はなは》だしいと思っていた。運命の番《つがい》という言葉が嫌いだった。だが、出会ってしまったのだ。運命のベータに。だから……子を孕むとは、どういうことなのか、知りたくなっただけだ」

キーシャオは静かに話を結んだが、シュンリュウは訊ねずにいられなかった。

「キーシャオさまは、レンとの子を孕みたいと思っておられるのですか？」

「それだけは避けねばならないことは承知している。おまえまで巻き込んで、これ以上、事情をややこしくすることはできぬ。今はレンが、子ができぬようにと細心の注意を払ってくれているが、本当は私との子を望んでいるのだろう……絶対に口には出さないが」

「立ち入ったことを訊いてしまい、申しわけありませんでした」

シュンリュウは深く頭を下げた。キーシャオに訊ねたことを後悔していた。こんなに残酷なことを答えさせて。

キーシャオは椅子から立ち上がった。

「私のことはもうよい。おまえは自分と腹の子のことを考えていればいい」

（そしてハオランさまのことも）

部屋を出ていくキーシャオの後ろ姿を見送りながら、シュンリュウは心の中でつけ加えた。そして、ハオランからの文を丁寧に丁寧に紐解く。まるで神聖な儀式のようだ。

そこに綴《つづ》られた、愛にあふれた文字を何度も読み返す。この文字が、自分の身体の一部になってしまえばいいのに。シュンリュウは文を胸に当てて深く息を吸い込んだ。キーシャオのこと思えば胸は痛むが、この愛《いと》しさと幸福感を封じ込めることは無理だ……。

（ごめんなさい、キーシャオさま）

シュンリュウは早速返事をしたためた。

――ハオランさま、御文をありがとうございました。僕は……。

(違う違う、私は……だよ。シュンリュウ)

間違いにひとり微笑み、文字を綴る。ハオランに返事を書けることが嬉しくて、シュンリュウは浮かれていた。キーシャオさまなら……という注意も忘れ、書き上がったものはまさに恋文だった。もちろんジュンシーの様子を細やかに訊ねてはいるけれど。

恋文はやがてハオランの許《もと》に届き、そして彼からもまた恋文が返ってくる。ジュンシーの成長するさまも丁寧に綴られているが、それはハオランからの恋文に他ならない。何度「そなたが愛しい」と綴られていたことか。

キーシャオへの申しわけなさと感謝を抱きつつ、文をやり取りしながら、シュンリュウは幸せな日々を過ごした。そして、月は満ちた。

「確かにもうひとり産んでほしいとは言った……。だが、二人産んでほしいとは言っていない。一気に子が三人などと……」

シュンリュウが横たわる床《とこ》の側で、男女の赤子たちを見たキーシャオは、美しい眉間《みけん》を険しくして嘯《うそぶ》いた。だがそれは嫌味でもなんでもなく、キーシャオ流の物言いであると、シュンリュウにはわかっている。

「はい、御子が三人になりました」

ハオランさまは喜んでくださるだろうか……驚かれるだろうな。笑顔で答えると、キーシャオはふっと口元を緩めた。

「ハオランどのは子が好きだからかまわぬだろう」

もうすでに、無事に双子が生まれたことを早馬で知らせを出しているという。

シュンリュウとキーシャオのウー国では、双子は「獣腹」として忌み嫌われた。どちらかの子を里子に出したり、ひどい時には間引いたりされていたのだ。だが、ここファン国ではそのような風習はないという。ほっと胸を撫《な》で下ろしたシュンリュウだった。

(男の子と、女の子を一度に授かるなんて……)

ジュンシーはハオランそのものだったが、今回の男の子は不思議と、自分やキーシャオに似ているように思う。そして女の子はハオランの面差しを宿し、きりっとしているのだ。

「まあまあ、お二人とは。乳も二人分いりますわね」

キーシャオ付きの女官たちがあたふたと立ち働いている。乳母だけではなく、産着から何から、ひとり分しか用意していなかったのだ。だが皆、どこか嬉しそうだ。

極秘の事柄を抱えているために、キーシャオの周りには、いつも緊張感が立ち込めていた。だが、ジュンシーの時もそうだったが、子が生まれると皆が笑顔になる。そのことがシュンリュウはとても嬉しい。

（ありがとうございます。皆さん）

以前は自分のことだけで精いっぱいだったが、最近、シュンリュウは周りが見えるようになってきていた。その分、キーシャオの本心や、自分の身のあり方などにも気づいてきたのだが……。

ハオランからは、この上ない喜びの文が届いた。

一度に二人の子を、そして男女いずれも……奇跡のようだ、早く皆に会いたい。ジュンシーも歩けるようになり、やんちゃになった。母の帰りを待っている……彼の思いは文字からあふれ返り、シュンリュウの心を泣かせた。

（ハオランさま、待っていてくださいね）

宮廷へ戻るまでのふた月間、ジュンシーの時と同じように、シュンリュウは双子の世話を許された。戻ったらまた離ればなれ……。ジュンシーの時のように、親子でひとときを過ごすことはできるのだろうか。出立の日が近づくにつれ、不安が募る。

子を三人も産んで、ハオランさまのお渡りも、もしかしたら少なくなるのかな……。だが、そんな思いは杞憂《きゆう》だったことを、シュンリュウはほどなく知るのだった。

双子は、男児が飛龍《フェイロン》、女児が翠蘭《スイラン》と名づけられた。二人ともにアルファでいずれも、ハオランが考えに考えて授けてくれた名だ。フェイロンは龍《りゅう》のように勇ましく、スイランは翡翠《ひすい》のように美しく気高くと。

皇帝への報告の儀が済み、それぞれの日常が戻ってきた。

キーシャオは変わらずレンとの逢瀬を望み、シュンリュウはその間、ハオランと三人の子との温かなひとときを得ることができたのだった。ハオランが語っていた、春の柳を皆で眺めることもできた。そして閨では、替え玉妃としてハオランに身も心も愛される日々が続いている。

「子は、まだまだ増えてもかまわぬ。男でも女でも、アルファでもオメガでも大歓迎だ！」

少年のように瞳《ひとみ》をきらめかせながら、ハオランはシュンリュウを抱きしめるのだった。

（こんなに幸せでいいのかなって思うけど、キーシャオさまは大丈夫、かな……）

シュンリュウとキーシャオの幸せには、一方で不安がつきまとう。キーシャオの心を思えば、愛する者の子を抱いてもらいたい。

　――これだけ毎夜のように愛していただいているのだから、もしキーシャオさまに御子ができても、ハオランさまの四人めの御子として籍に入れられるのでは？　僕が産んだ子と違って、皇子の血が流れた御子なのだし……。

　そんなことが胸を掠《かす》めたが、シュンリュウは即座に打ち消した。それは自分の子を貶《おとし》め、ハオランを欺くことになる。もう、すでに罪は犯しているのだ。最近の幸せがその事実を鈍らせている。その幸せも、キーシャオの危険な賭けと裏腹にあるものなのだ。

（それに、もしベータの子が生まれたら……）

　キーシャオの密通が露見してしまう。アルファとオメガから、ベータの子は生まれないのだから。

（そういえば、この頃レンを見かけないなあ……）

　シュンリュウは草を抜いていた手元から顔を上げ、辺りを見回した。近くにいれば、いつも声をかけてくれる。逢瀬が続いているから身を隠しているのだろうか。キーシャオからは聞いていないが、何かあったのだろうか。とにかく心配だった。

「ふう」

　そして自分もまた体調が思わしくない。熱っぽくて怠《だる》さが続いている。二度も子を孕めばなんとなくわかる。これは……。

（もしかしたら、孕んだのかもしれない）

双子を産んでから、いかにも早いけれど……うん、またキーシャオさまに呆《あき》れられるかもしれないけど……でも、でもね、ハオランさまが……。

（うっ）

考えれば赤くなり、額の汗を拭った時だった。

草取り場の中に、ハオランがいる！

正確に言えば、下働きの格好に身をやつしたハオランがいるのだ。誰かを捜しているのか、きょろきょろしている。シュンリュウは思わず俯《うつむ》いて身体を縮こまらせた。

（なっ、なんでここにハオランさまが？　それとも、もしかしたらハオランさまにもやっぱり替え玉がいるの？）

ひゃーっとなりながら、シュンリュウはしゃがんだまま、植え込みの陰に隠れようと地面をいざった。だが、彼に見つけられる方が早かった。ハオラン（もしくは替え玉）はシュンリュウの隣に座り込んで話しかけてきた。

「これは驚いた！」

座り方も話し方も庶民風が板についていて、不自然さはまったく感じられない。でも、男前すぎて目立ってしまうよ、ハオランさま。それに、初めて会った時の彼を、胸のときめきを思い出してしまう……いやいや、そんなことを考えている場合じゃないだろう、シュンリュウ！

一方、彼は内心じたばたしているシュンリュウの顔を覗《のぞ》き込んできた。

「あんたは、俺の連れ合いと瓜二《うりふた》つじゃないか！」

「そ、そうなんですか」

「ああ、声もよく似てる」

どういうつもりなんだろう、ハオランさま。近くにいれば、彼は替え玉などではなく、ハオラン本人だということがわかる。彼から立ち上るアルファの匂《にお》い……それは、シュンリュウだけが知っているものだ。

（気づかれた？）

だが、あくまでも偶然を装う彼の真意がわからない。シュンリュウはハオランに合わせるしかなかった。

「ずっとここで働いているのかい？」

「え、ええ」

「俺は最近なんだが、えらいきれいな人がいるってんで、俺の連れ合いよりきれいなやつなんかいるもんかって捜してたら、同じ顔だった」

じょ、冗談なのかな……シュンリュウは背中に冷や汗をかきながら、とりあえず「そうですか」と答えた。緊張のために、ときめきとは違う胸の鼓動が高まって痛いくらいだ。

「ちなみに、名を訊いてもいいか？」

「シュンリュウと、いいます」

名乗ってもいいのかと判断に迷ったが、自分はここで本名を名乗っているのだからと、精いっぱい何気なさを装って答えた。もはや、背中だけでなく額にも汗が滲《にじ》んでいる。体温が上がってきたのかもしれない。

「なんという字を書く？」

ここで働いている者は、ほとんど読み書きができないという。知ってか知らずか、ハオランと思《おぼ》しき男は訊ねてきた。

「春の、柳、と……」

「美しい名だな」

彼はじっとシュンリュウを見つめてきた。春の柳……ああ、これは言ってはまずかったかも……だが、もう考えがまとまらないくらいに頭が回らないのだ。熱い……胸がどきどきしすぎてふらふらする。だが、シュンリュウは彼に訊ね返そうとした。

「あなたは……」

言いかけて、男の表情がさっと青ざめる。

「シュンリュウ、具合が悪いのか？」

そのあとも彼は何か言っていたようだったが、シュンリュウには聞こえていなかった。

シュンリュウは身体の不調が限界で、その場に倒れてしまった……。

6

冷たい布が額に触れ、その心地よさでシュンリュウは目を覚ました。

キーシャオの奥の間でもなく、閨でもなく、ましてや自分の小屋でもない。ゆったりとした着物に包まれ、見知らぬ部屋の床《とこ》の上にシュンリュウは横たわっていた。

「シュンリュウ！」

ハオランだった。床の側に侍《はべ》り、自分を見下ろしている。心配そうな顔がぱっと輝く。

そしてもう一度名を呼ばれた。キーシャオではなく。

「シュンリュウ……」

その口調の優しさに、シュンリュウは申しわけなくて唇を噛んだ。露見したのだ。こんなにも温かな、愛する人を裏切っていたことが。

「あ、あの、ハオランさま……！」

起き上がろうとしたシュンリュウを、ハオランはそっと諌《いさ》める。

「無理をするな」

優しい手を制し、シュンリュウは起き上がる、

「いえ、もう大丈夫です。それ、よりもあの……」

何もかも洗いざらい話して懺悔《ざんげ》したい。そうして「愛しています」と縋《すが》りつきたい。拒絶……されるかもしれないけど。

だが、ハオランの声も表情もいつもと同じだった。大切なものを扱うように、抱き寄せられる。

「そなただったのだな……シュンリュウ。春の柳の私のオメガ」

そうして、ハオランはシュンリュウの足首にある、可愛い四つ葉の小さな痣《あざ》を示した。

「これで確信したのだ。見間違えるはずもない。私は夜ごと、この四つ葉に口づけていたのだからな」

「あ……」

「怖《おそ》れなくていい。私は何も怒っていない。正直に言うが、私はずっと違和感を覚えていたのだ。昼間のキーシャオと、夜のそなた。そして、子どもといる時の……。確信したのは文のやり取りだ。わけを考えたがわかるはずもなく、それで、ここ何日か変装して宮中を探っていた。私も疑っていたことを黙っていたのだから、そなたに詫《わ》びなければならない」

「で、でもハオランさま！」

言いかけた唇を封じられる。微塵《みじん》も嘘《うそ》のない口づけだった。

「なぜ、そなたとキーシャオが入れ替わっているのかは知らぬが、これからはずっと一緒にいよう。私はキーシャオではなく、シュンリュウ、そなたを愛している」

受け止められないほどの幸せと、怖れととまどいが一度に襲ってきて、シュンリュウはどう答えていいかわからなかった。だから、支離滅裂なことを言ってしまう。

「申しわけありません、何もかもに混乱して……きっと、ハオランさまの方がもっと混乱していらっしゃるはずなのに、それなのに、説明、できなくて、でも説明しないと……でも、でも信じられないです。それなのに嬉しくて——」

「可愛いな、そなたは」

ハオランは笑った。その笑顔に助けられる。

「だから、も、もう一度、言ってください……」

「私が愛しているのはそなただよ、シュンリュウ」

「ハオランさまっ、私は、私はシュンリュウです！　キーシャオさまではなく……」

やっと言えた……シュンリュウはハオランの首に腕を回して肩口に顔を埋《うず》めた。その背をハオランは慈しむように撫でる。溺《おぼ》れそうな幸せ……しばし口づけで戯れ、ハオランは

シュンリュウの耳元で囁《ささや》く。

「二人だけではない、ジュンシーもフェイロンも、スイランもずっと一緒だ」

そんなことができるのだろうか。怖いほどの幸せの傍ら、シュンリュウはキーシャオを思わずにいられなかった。

「ハオランさま、お訊ねすることをお許しください。そうしたらキーシャオさまは……？」

シュンリュウは揺れていた。幸せ、怖れ、驚き……。

「真実を話してもらう。悪いようにはせぬつもりだから、そのような顔をするな。……そなたは理由を知っているのだな？」

「いいえ」

シュンリュウはきっぱりと答えた。

「顔が似ているから、閨で入れ替わるようにと言われただけなのです」

真実が明るみに出たら、キーシャオもレンも囚《とら》われ、罰せられるだろう。姦通《かんつう》の罪は重い。命の保証はない。ハオランは悪いようにはしないと言ったが、皇帝が許すとは思えなかった。

（だから、僕にできるのは二人を庇《かば》うことだけ）

自分だって謀《はかりごと》の片棒を担いでいるのだ。高貴な皇帝の系譜に平民の血を混ぜてしまった。どのような沙汰《さた》が下されるかわからない。たとえハオランが守ってくれても。自分だけ罪を背負わずに幸せでいることなんて……！

「そうか」

ハオランはそれ以上、問い詰めようとはしなかった。その聡明《そうめい》な瞳は凪《な》いでいて、自分の嘘など見抜いているだろうとシュンリュウは思った。だが、どうあっても二人を庇わなければ。

「では、私の方で調べてみよう。そなたは私を信じて、健やかな子を産んでほしい」

「えっ！」

ハオランはふふっと笑っている。

倒れたシュンリュウを自分の部屋へ運び込み、信頼のおける、幼い頃からの侍医に診《み》てもらったという。

「お互い、下働きの格好でですか？　それに、あの格好でこのお部屋に運ぶなんて」

目立って仕方ないではないか。だが、ハオランはやんちゃな子どものように笑った。

「秘密の抜け道があるのだ」

なるほど……しかし、この宮廷には、いくつ秘密の抜け道があるんだろう。

「医者は信頼のおける者だ。口外する心配はない。何も訊かずそなたを診てくれた。そして、告げられたのだ」

予感はあったものの、本当に今日はなんて日なんだろう。驚きで溺れそうだ。シュンリュウはしばらく目を瞠《みは》っていた。

ややあって、シュンリュウは小さな声で告げる。

「予感はありました……でも、改めて聞くと、なんて、言っていいのか……。子どもが四人になるのですね。多く孕んで申しわけありません」

「何を言う！　私は五人になっても六人になってもかまわぬのに。それに」

ハオランは声を潜めた。

「そうなったのは私のせいではないか？」

シュンリュウは頬を染めるしかない。

「確か以前もそう言われましたね……」

「本当のことだからな。子ができやすいのも、私たちが決められた番だからだろう」

「つがい？」

それは、言い伝えだと言われている、運命のアルファとオメガのこと？

「そなたとは、ウー国の港町でも出会った。覚えているか？」

「覚えています。私はあの時から、助けてくださった御方のことが忘れられず、それがハオランさまだと知って、嬉しくて、でも、私は替え玉妃で……」

「私もあの蜜柑《みかん》の味とともに、そなたのことが忘れられなかった。国へ戻り、妃を娶《めと》ることが皇太子の務めといえ、割り切れず……だが、輿入《こしい》れしてきたのは蜜柑をくれた者だった。同一人物ではないと思っても、似ているだけでも嬉しかった。この運命の巡り合わせの答えは二つ。ひとつは私が明らかにしてみせる。そしてもうひとつは」

「もうひとつは？」

シュンリュウはハオランの言葉をなぞる。

「私たちが運命の番だということだ」

「はい」

二人は唇を重ねて確認し合った。

そうして、シュンリュウはキーシャオとともに再び宿下がりをすることになった。

ハオランと別れ、三人の子どもたちとも別れ。

キーシャオとレンが会っている間の親子の時間。ジュンシーは母と離れることを感じて「やーの」と泣いてシュンリュウの袖に縋った。シュンリュウもまた、涙が止まらない。宿下がりの期間は三度めであっても慣れない。

ハオランはジュンシーを抱き上げた。

「母上はジュンシーの弟か妹を産むのだ」

「おとと？　いもと？」

ジュンシーは涙の残る目で父の顔を見上げる。

「そうだ。ジュンシーはまた兄になるのだぞ。さあ、どっちだろうな。また両方であるかもしれぬな。ジュンシー、母上の身を案じ、子が健やかに生まれることを願って、父とともにしばしの間待っていよう」

ハオランに促され、ジュンシーはふっくらとしたもみじのような手を振ってくれた。

「文を出すからな」

「はい」

ハオランとの約束も、今回は本物なのだ。ハオランはキーシャオではなくシュンリュウへと文をしたためてくれるのだ。

翌日、シュンリュウとキーシャオは旅立った。今回は西方だという。前回、双子たちを孕んでいた時は冬の初めだったが、今は夏も終わろうかという頃だ。

『戻ってから一年も経っていないではないか』

いつものキーシャオならそう言っただろう。だが、彼は静かだった。もともと口数の多い方ではないが、それにしても無口が過ぎる。自分の殻に閉じこもっているように、他者を寄せつけない雰囲気だった。

(何か悩んでおられるのかな)

もしや……と思いながらも、シュンリュウはキーシャオから無理に話を引き出そうとはしなかった。なぜだか、きっと話してくれるだろうという確信があった。

――私を信じて待っていてくれ。

ハオランの言葉が蘇《よみがえ》る。彼も今頃、真実に迫るべく様々なことを調べているのだろう。

ここ西方の離宮は、ハオランも子どもの頃に過ごしたことがあるという。シュンリュウは寝椅子にもたれ、ほころび始めたリンドウの花を眺めていた。

こうして心に重たいものを抱えながらも、シュンリュウの体調はよく、腹の子も元気で機嫌よくしていると思えた。

(男の子、女の子、また両方でもいいからね)

しかしまた二人となると、一気に五人の子だくさんだ。僕って孕みやすいのか……それともハオランさまに何かがあるのかな？

――子ができやすいのは、私たちが決められた番だからだろう。

ハオランの言葉を思い出し、腹を撫でていると、思わず笑みが零《こぼ》れる。その時だった。笑みが強張《こわば》ってしまうような声に呼ばれた。

「シュンリュウ」

キーシャオだった。冷たいわけではないのに、空気を張り詰めさせるような緊張を孕んだ声。シュンリュウの笑顔は固く貼《は》りついたままだ。

「話がある。私の部屋へ」

「は、はい」

目の奥がつーんと痛い。どうして、話を聞く今から泣けそうになるのか。シュンリュウはキーシャオの部屋で敷物の上に座った。いつも侍っている女官たちがいない。すでに人払いをしたあとのようだった。

向かいに座ったキーシャオがゆっくりと口を開く。

「レンの子を孕んだ」

もしかしたらと思っていたはずなのに、シュンリュウは息を呑《の》んだ。

（な、なんて言えばいいんだろう）

愛するレンの子を……よかった、僕も嬉しいです、と即座に喜びを伝えられたならどんなにいいだろう。だが、できなかった。キーシャオの身分や立場を慮《おもんぱか》ると、言うことはできなかった……。

「私の企《たくら》みは失敗した。これはおまえとレンを巻き込み、いらぬことを企んだ私の罪だ」

いつも誇り高いキーシャオの表情も口調も固く、何者も寄せつけぬようだった。だが、シュンリュウは、やはりこれだけは言わずにいられなかった。たとえキーシャオに跳ね返されても。

「罪だなどと言ってはなりません。……言わないでください。愛する方との御子が宿ったのです。子にはなんの罪もないではありませんか」

「そうだろうか」

キーシャオは自嘲《じちょう》気味に答えた。

「罪を犯した私が孕んだ子は、罪の子ではないのか？　ああ、そうだったな。私はおまえにも罪を犯させていたというのに」

「でも、僕の三人の子どもたちに罪はありません」

なおも言いはるシュンリュウに、キーシャオの目は冷ややかだった。

「さて、この子をどうするか……」

もはや、始末することを考えておられる？　いや、なんとかしたいはずだ。シュンリュウはキーシャオの冷えた手を取った。

「ハオランさまは、僕たちの入れ替わりに気づいておいでです」

「なんだって？」

キーシャオは目を見開いた。

「ずっと、違和感を覚えておられて、宮中を探っておいでだったのです。確信したのは、文のやり取りと、私の足首の痣であったと……」

シュンリュウはそっと裾《すそ》を捲《めく》り、足首を見せた。だが、キーシャオは文のやり取りが失策だったと己を責めた。

「そうだ……筆跡も文体も違うのに、なぜ、そのような簡単なことに気づかなかったのか……。私が浮かれて気が緩んでいたせいだ」

「僕だって、気づきませんでした。気が緩んでいたのは同じです。キーシャオさまは、やっと愛する者と会えるようになり、幸せを感じたなら浮かれたって当たり前ではないですか！」

「……おまえはこんな状態になっても私を庇ってくれるのだな。大した楽天家だ。自分とて、どのような罪にさらされるかわからないのだぞ」

「褒めるか、けなすか、どっちかにしてください」

シュンリュウは唇を尖《とが》らせて抗議した。

「ハオランさまが守ってくださいます。そう仰《おっしゃ》いました。僕は、キーシャオさまと入れ替わっている理由については言えませんでしたが、ご自分でいろいろ調べてみると……。私を信じて待っていてくれと言われました。キーシャオさまのことも、決して悪いようにはしないからと」

「だが、真実にたどり着かれたなら、到底、私のことはお許しになるまいよ。おまえのことは愛ゆえに守り通されるだろうが」

キーシャオはふふ、と乾いた声で笑う。

「私は、流されてしまったのだ。子を孕み、ハオランどのとともに過ごすひとときを至福とするおまえを、いつしか羨《うらや》ましいと思うようになった。レンと愛し合っても、子などいらぬと思っていたのに、私は、レンに、子が、欲しいと……男でありながらオメガに生まれた身であれば、おまえの、子を、孕みたいと淫らにねだり……」

彼の告白は痛々しかった。だが、これはキーシャオの愛の物語なのだ。葛藤《かっとう》した後に、きっと心の命ずるままに。レンも、何もかも承知でキーシャオの思いを受け止めたのだろう。

「魔が差したとしか思えぬな」

キーシャオは美しい眉間を険しくして、ずっと自嘲的だった。

シュンリュウは、キーシャオの心が痛いほどにわかった。わかったというよりも、それが自分の痛みとして感じられるのだ。こんなことは初めてだった。

(なんだろう、この感覚……これが自分の思いなのか、キーシャオさまの哀しみなのか、わからなくなってくる……)

だからもう、彼が自嘲的に、自棄《やけ》になるのを戒めることはできなかった。ただ、彼に寄り添うことだけしか。

シュンリュウはキーシャオの手を取ったままだった。振り払うことはしなくても、キーシャオの目は、御簾《みす》の向こう、遥《はる》か遠くを見つめていた。レンやハオランが待つ、都ヨウアンの方角だ。

「ハオランどのが許してくださっても、天子さまはお許しにならない。きっと、ハオランどのも巻き込んでしまう。レンは、言わずもがな」

自嘲を軽く飛び越えて、キーシャオの言葉は絶望を感じさせた。

(この方だけに罪を負わせることなんて、僕にはできない。それに、ハオランさまに非が及ぶならなおのことだ……愛しているからこそ、そんなことはできない)

——ごめんなさい。ハオランさま。信じて待てと言ってくださったのに。

シュンリュウはハオランの心に届けと呼びかけていた。

——僕があなたを謀《たばか》っていたことには変わりないのです。どうか、どうか子どもたちをお願いします。平民の血を混ぜてしまって申しわけありません。ジュンシー、フェイロン、スイラン……そして、この腹の御子も。

下腹部を愛しげに撫で、きりっと顔を上げて、シュンリュウは「キーシャオさま」と呼んだ。彼が振り向く。

「これは、キーシャオさまだけの問題ではありません。母の療養と引き換えに、替え玉妃の策を受け入れた僕の責任もあるのです。私たちは、二人でハオランさまを謀ってしまった……。キーシャオさま、僕たち二人で何もかもすべてを告白しましょう」

しばし間があった。だが、ややあってキーシャオは清々《すがすが》しくも見える顔でうなずいた。

「そうだな。そうしよう……レンにもそのように言う。三人で沙汰を受けよう」

キーシャオはシュンリュウの手を強く握り返してきた。シュンリュウもまた、握り返す。

互いの血が通い合うような安心感が湧《わ》き上がる。こんなに辛い状況なのに。

「でも、子どもたちだけは」

「ああ、これから生まれてくるこの子も」

助けてもらえるように——声に出さずとも同じことを考えていることがわかる。
この日、二人は初めて、真に心が通い合ったのだった。

「キーシャオさま、御子はどちらがいいですか？　男の子か、女の子か。ご自分に似ているか、レンに似ているか」

枕《まくら》を並べて横たわりながら、シュンリュウが訊ねる。心を通い合わせたあの日から、二人はともに過ごすことが多くなった。今や、床も並べているほどだ。自然にそうなっていったのだ。

「どちらでもよい。健やかでさえあれば……いや、私には似ない方がよいな」

「どうして？」

天井を見上げたままキーシャオは答える。シュンリュウは目を瞠った。

「キーシャオさまは教養にあふれていらして、誇り高くて、それに、そんなに美しくていらっしゃるのに」

「おまえ、それは自分のことを美しいと言ったのと同じだぞ」

「あっ、本当だ！」

シュンリュウはえへへと笑い（我ながら上品とはほど遠いなあ）、キーシャオはふふ、と微笑んだ。

「私のような、自分のために人を謀に巻き込むような者になってほしくないということだ。外見ではなく、内面の問題だ」

「でも、キーシャオさまはそんなご自分に気づかれて、道を修正されました」

シュンリュウも天井を見上げる。天井は鏡のように磨き上げられていて、優美な彫りが施されている。そこに映る同じ顔を見るのが、シュンリュウは好きだった。

「それに、レンの方が先にキーシャオさまを愛していたのでしょう？」

「えっ？」

天井に映ったキーシャオの顔が一瞬、朱に染まったのがわかる。照れておられる……シュンリュウは嬉しくなって、自覚しながら図に乗った。

「僕は、ずっとお二人の出会いについて知りたいなー、なんて思っていたりなんかして……」

「バカか！　そんなことは絶対に話さぬ！」

「あっ、やっぱりあるのですね。出会いの逸話が」

キーシャオはまんまと図星を吐いてしまった。その焦った顔が可愛らしくて（同じ顔だが）もっとかまいたくなってしまう。

（キーシャオさまと枕を並べてこんな話ができるなんて、出会った頃の自分に教えてやりたいな）

同じ顔と秘密で結ばれていたけれど、二人とも互いのことはほとんど知らないと言っていい。シュンリュウは、いつかキーシャオとそんな話ができるようになりたいと思っていた。そして、多分キーシャオも、今は同じように思っていてくれるであろうことを。

一方、キーシャオは「もう寝る！」と夜具を頭から被《かぶ》ってしまった。シュンリュウは、うふふと微笑みながら言う。

「おやすみなさい」

「……おやすみ」

自分がシュンリュウによって窮地に追いやられても、キーシャオは律儀に答えてくれるのだった。

それからふた月ほどして、シュンリュウは無事にオメガの男の子を産んだ。産声が兄や姉たちよりもひときわ大きくて、目元はハオランに、口元はシュンリュウによく似ていた。

（二人に似てるって嬉しいな……早くハオランさまに見ていただきたい）

生まれたばかりの子のちっちゃな鼻にそうっと触れて、シュンリュウは幸せを嚙みしめる。ただし、生まれたばかりの子も含め、子どもたちとこの先どうなるのか……。ジュンシー、フェイロン、スイラン、そしてまだ名前はないけれど、この子……。じんわりと湧いてくる涙は喜びではなく、淋しさになってしまう。

（もう決めたんだ。キーシャオさまと約束したんだ……だからもう泣かない。みんなのことは、きっと父上が守ってくださるからね）

僕もハオランさまを守るのだから。それが今のシュンリュウの支えだった。男児誕生の知らせはハオランの許へともたらされ、すぐに喜びにあふれた文が届いた。

――ハオランさま。

シュンリュウは文を胸に抱く。いつもそうするけれど、今回はより深く、胸へと押し当てた。

『――何も心配せぬように』

愛の言葉と喜びの言葉だけで綴られた文は、そう締めくくられていた。シュンリュウの胸は棘《とげ》が刺さったように痛む。やがて裏切ることになるのだ。ハオランのことを。だが、キーシャオと、それが最善と決めたのだ。シュンリュウは自分に言い聞かせる。文の返事は、シュンリュウも愛と喜びの言葉しか出てこなかった。せめて今は——。だから『心から愛しています』と文を締めた。

そして……。

シュンリュウが男児を産んで、およそひと月後、キーシャオはベータの女の子を生んだ。とてもキーシャオに似ていて、それはそれは美しい赤子だった。……自分にも似ているということだけれど……思いながら、シュンリュウはキーシャオに告げた。

「キーシャオさまに本当によく似て……こんなに美人な赤ちゃんは見たことがありません！」

「それは自分も美人だと言っているのだな」

キーシャオが相変わらずの指摘を入れてくる。それも楽しい。レンに見せてあげたい。きっとどんなに喜ぶだろう……その思いは、自分の胸にそっとしまい込んだシュンリュウだった。

以前、キーシャオは赤子が苦手だと言っていたが、宮廷へ戻るまでの間、彼は女官に任せず、自分の手で世話をした。

『さっき飲んだ乳を吐くのだが、どこか具合が悪いのだろうか』

『えっと、それはですね……』

キーシャオは大真面目《おおまじめ》だ。まさか、シュンリュウがキーシャオに子育て指南をする日がくるなんて。二人は限られた短い時間を、それぞれの子とともに幸せに過ごした。赤子の名は、レンにつけてもらうのだとキーシャオは言った。

「たとえ、ほんの短い間しかその名を呼べなくても、それでいいのだ。それが、この子を孕んだ時からの私の夢だったのだから」

「はい」

瞬く間のように思えたふた月が過ぎ、シュンリュウとキーシャオは宿下がりを終え、宮廷へ戻る日がやってきた。川を船で渡り、近道を取れば、二日で都に着くという。

シュンリュウの赤子は生後ふた月だが、キーシャオの赤子はまだ、生まれてひと月あまり。キーシャオの体調も元に戻ってはおらず、青白い顔をしている。産むのも大変だったと聞いている。

「大丈夫ですか？」

シュンリュウは船に乗り込む時、目眩《めまい》でふらついたキーシャオの腕をとっさに支えた。

「子を産むことがこんなに大変だとは思わなかった」

キーシャオは苦笑で返した。

（立派な船だけど、どうしても揺れるから、余計に気分が悪くなるかも）

「やっぱり、もうひと月、僕の体調が悪いことにして宿下がりを延ばしてもらいましょうか。今からでも」

「おまえはどう見ても具合が悪いようには見えぬが？　元気そのものではないか」

そうなのだ。シュンリュウは三回めで四人めということもあるが、男オメガの未熟な子宮でも、出産は軽い方らしい。だから双子でも無事に産むことができたのだ。

「その名の通り、柳のような細腰なのにな」

肘掛《ひじか》けに寄りかかりながら、皮肉っぽく返してくるキーシャオだが、シュンリュウは心配でならない。

（キーシャオさま、今日はよく喋《しゃべ》っている。きっと不安の裏返しなんだ）

心も、身体も不安定なのだ――シュンリュウは、キーシャオをぎゅっと抱きしめた。

「大丈夫です。僕がついています！」

「私を抱きしめるなと言っただろう！」

「でも、でも、そうせずにはいられなくて……あとでレンには謝りますから」

「……それほどに今の私は弱って見えるのか？」

「はい」

シュンリュウは正直に答える。その時、小さな絹の布団を敷いた揺りかごの中で眠っていた二人の赤子が同時に泣きだした。

「ほら、おまえが騒ぐから一緒に泣きだしたではないか」

「いいえ、母が心配で泣いているのです。キーシャオさまの御子も、私の子も」

「馬鹿な。生まれたばかりの赤子に何がわかる」

シュンリュウは女の子をキーシャオの腕にそっと託し、そして自分の男の子を抱いてキーシャオの側に座った。

「わかるのです。おお、よしよし」

子をあやしながらシュンリュウははっきりと言う。

「僕の母がそう言っていました。母は女性オメガでしたが、母が思い悩んだり元気がない時、決まって僕が泣きだしたそうです。それで、はっと我に返ったって」

――ふしぎだね、ちっちゃいあかちゃんなのに、そんなことがわかるなんて。

――そうね、うまく言えないけれど、シュンリュウもいつか子を産んだら、わかると思うわ。

子どもの頃の母との会話が蘇り、キーシャオに伝える。自分が替え玉妃になることと引き換えに、よい施療院に入れてもらったけれど、母はどうしているだろう。もう、何年会っていないだろう。シュンリュウの役目が極秘なために、文のやり取りもできなかった。

（母さん、僕は四人も子を産んだんだよ。双子もいるんだ。男の子も、女の子も。みんな、愛する御方の子どもだよ）

だが、これから、キーシャオとレンと自分の三人で行うことを知ったら、母はきっと哀しむに違いない。もう二度と会えないだろう。これは、命をかけた決心なのだから。

「おまえはよい母上に育てられたのだな」

我が子の頬に自分の頬を触れ合わせ、キーシャオは言う。その仕草と言葉の距離が、あまりにも儚《はかな》い。

「私はオメガに生まれたことで母上に疎まれていた。皇帝だった父上は皇子の地位を授けてくれたが、それは政略結婚のため。そもそもオメガに皇位を継ぐ権利はないからな」

「だったら、キーシャオさまは子を愛して良き母になればよいのです。いえ、もうなっていると思います」

シュンリュウは明るく答えた。そうせずにいられなかった。

「そうありたい……。だが我々は男オメガだ。もともと母性など持ち合わせていないのではないかと思っていた。だが、おまえを見ていると、男オメガにも子を愛しく思う気持ちがあるのだと思える」

「えっと、それは男も女も三性も関係なく、人によるのではないでしょうか」

「そうか……」

二人の子は泣き止《や》んで、それぞれの母の胸で眠っていた。寝顔を見ていると、こんな時でも笑顔になってしまう。

(赤子ってすごいなあ)

シュンリュウがしみじみと感じた時だった。

「私は、この子がどうなるのか、怖くて仕方ないのだ」

キーシャオにはめずらしく、口調に熱がこもっている。

「生まれる前に、三人で真実を明かそうと決めた。だが、この子の顔を見てしまったら、それは自分たちの傲慢《ごうまん》ではないのかと……。教えてくれ、これが子を愛しく思う気持ちなのか？　私はこの子を慈しめているのか？」

「そうです」

シュンリュウは優しくうなずいた。

「何よりも、愛する御方の子ではありませんか」

ハオランに似た我が子の目元に、シュンリュウはそっと口づける。

キーシャオは、それきり何も言わなかった。赤子はすやすやと眠り、船は都に向けて、穏やかに川を下っていった。


川は荒れることもなく、二日間の船旅は終わった。

宮廷までしばし牛車《ぎっしゃ》に揺られ、キーシャオとシュンリュウは念のためそれぞれの我が子を今だけ取り替えた。キーシャオはシュンリュウの男の子を抱いて後宮の自分の部屋へ。シュンリュウはキーシャオの女の子を抱き、秘密の通路を通って隠し部屋へと到着した。

これまでと違うのは、ハオランが事情を知っているということだ。そのため、ハオランは直接、奥の隠し部屋へとシュンリュウと四人めの子に会いに行くことができたのだった。

「この隠し扉の向こうです。どうぞお入りください。ハオランどの」

「ありがとう、キーシャオ」

キーシャオがハオランを導く声が聞こえてくる。二人の会話は、今はただそれだけだった。

「シュンリュウ！」

隠し部屋に入るなり、ハオランは駆け寄ってシュンリュウを抱きしめた。

「ハオランさま……ただいま、戻りました」

シュンリュウも夢心地でハオランの背を抱きしめる。ああ、また逞《たくま》しくなられた……剣で鍛えられたのだろうか。そう思う間も一瞬で、顎《あご》を掬《すく》い上げられ、唇を吸われる。待ち望み、恋い焦がれた口づけに、シュンリュウはとろけてしまいそうになる。

「ハオランさま……立って、いられない、です……」

耳元で囁くと、ハオランは笑ってシュンリュウを軽々と抱き上げ、大好きな、少年のような顔で笑った。

「三人めの皇子さまはどちらか？」

事情を知っても、皇子と呼んでくださるんだ……シュンリュウは涙を堪え、揺りかごですやすや眠る子を見つめる。ハオランが訪れる前に、赤子たちはそれぞれの母の許に戻っていた。

「はい、あちらに」

「おお、これは！　口元がそなたによう似ている！」

揺りかごの側に膝《ひざ》をつき、ハオランは喜びの声を上げたあと、しまったとばかりに、口元にひとさし指を当てた。そんな気取らない仕草もハオランの魅力だとシュンリュウは思う。

「よく寝ているのに、起こしてしまってはしのびない」

ハオランは目をきらきらさせて、赤子に見入っている。本当に嬉しそうに、幸せそうに。

「目元はハオランさまに似ていると思います」

「そうか？」

「ジュンシーさまにも似ていますね」

「ああ……」

二人で寄り添い、赤子を見つめる。幸せすぎるひとときに、シュンリュウは涙を堪える。

「良い子を産んでくれて、ありがとうな」

突然、ハオランが庶民の言葉で礼を言ったので、シュンリュウは驚いてしまった。

「ウーの港町で、なんのしがらみもない二人として出会っていたなら、きっとこのように礼を言うのだろうな……ありがとう、シュンリュウ」

「ハオランさまっ！」

シュンリュウはハオランの袖を濡《ぬ》らして泣いた。ハオランさまはもう、真実に迫ってられるのかもしれない。それなのに問い詰めることもせず……。

「涙を堪えることなどないのだぞ。泣きたければ泣けばよい」

「そんなふうに、仰られたら、この子以上に泣いてしまいます……っ」

ハオランはシュンリュウの背を優しく撫で、我が子に語りかける。

「母上は、そなた以上によく泣くな」

赤子は、ぱちりと目を開け、ハオランの指をぎゅっと握った。

「そなたの兄上や姉上にも会わせたい。みな喜ぶだろう。楽しみだ」

ジュンシーもフェイロンもスイランも健やかだという。ほぼ一年会っていないのだ。みな、さぞ成長したことだろう。

（みんな、もう会えないかもしれない。最後に会いたい……）

ここで何か言わねば不自然だ。だが、そう考えてしまうと言葉が出てこない。すると、ハオランは白い歯を見せて笑った。まるで、シュンリュウの心を汲《く》んだかのようだった。

ハオランが真実に行き着いたのかどうか。訊ねるのははばかられた。結局、その心を裏切ってしまうのだから。

「明日はジュンシーたちに会いに行こう」

「本当ですか？」

「ああ、この子と一緒にな。そうだ、名前をいくつか迷っているのだ。そなたに相談したかった」

「そんな怖れ多いこと。ハオランさまがお決めになってください」

シュンリュウは慌てて答える。宮廷の御子の名は、父親が名づけ、皇帝に報告するのが決まりなのだ。字画や生まれた時間の星の位置など、占い師に依頼することもあるというが。

「でも、そう言っていただけて嬉しいです。ハオランさまの名づけてくださった名が、そのまま私の心です」

ハオランはシュンリュウの頭を抱き寄せる。

「わかった」

御子の名が決まれば、お披露目の儀式だ。遅くても数日後だろう。

「皇帝陛下へのお披露目には、そなたが出てくれるのだろう？　それともこれまで通りキーシャオが？」

「怖れながら私が。キーシャオさまがそう言われました」

「そなたとキーシャオが別人物であると見破る者はおらぬだろうな」

ハオランは楽しそうに笑う。

「そんな、僕は、いえ私は、それどころではありません！　皇帝陛下の御前に出るなど、今から脚がガクガクしているのです！」

……尤《もっと》も、御前に出るのは僕ひとりではないけれど。

「私がついていても不安か？」

少し拗《す》ねたようなハオラン。この方の表情の豊かさが僕は好きなんだ。出会った時から、生き生きとした表情に惹《ひ》かれた。シュンリュウはハオランを抱きしめたくてたまらなかった。

「もちろんそれはそうですけれども、僕……じゃなくて、あの」

しまった。また言い間違えてしまった。こんなこと今までなかったのに。シュンリュウは焦って言い直す。

「私は……」

「僕でよい」

言いかけたシュンリュウの唇を、ハオランは再びひとさし指で閉じた。

「それが本当のそなたなのだろう？」

優しく頬を撫でられる。頭の芯《しん》がぼうっとしてくる。

「今まではキーシャオを演じていたのだろう？　そうやって私に本来の自分を見せてくれるのであれば、こんなに嬉しいことはない。俺は自惚《うぬぼ》れるぞ」

「もしや、い、今は、諸国を旅していた、蜜柑を囓《かじ》っていた彼でいらっしゃるのですか？」

「ああ、シュンリュウ。今だから言うが俺は、助けたおまえのことが忘れられなかった。事情がありそうなのに、売り物の蜜柑を懸命に差し出して……その純粋さに惹きつけられた。できればまた会いたいと、おまえを心の中で『蜜柑の君』と呼んでいたのだ」

「ぼ、僕もです！」

シュンリュウは目を瞠った。なんてこと、こんな幸せなことって！　ハオランはシュンリュウのびっくり目の縁に口づける。

「諸国を遊学した代わりに、国へ帰れば婚姻だった。蜜柑の君を心に抱きながら、正直、気が進まなかった。だが、皇太子の務めと心を決めて。そこへ現れた妃は蜜柑の君そのものだったのだ。私がどれだけ驚いたかわかるか？　……だが、最初に会ったのはキーシャオだったわけだが」

「ややこしい話ですね」

二人で笑い合う。そこで赤子が泣きだした。シュンリュウとハオランは、しゃらんしゃらんと鈴が鳴る玩具《おもちゃ》で、紛れもない自分たちの子をあやす。

「シュンリュウ、この子の披露目の時に、私は自分が調べたことを皇帝陛下に申し上げるつもりだ。だから、本当に何も心配するな」

（ごめんなさい。ハオランさま。でも、僕たちはもう決めたのです。ハオランさまをお守りするためにも）

作った笑顔を向けながら、シュンリュウは「はい」とうなずいた。こうしてまた、嘘を重ねるのだ。ハオランがどのような真実にたどり着いたとしても、自分とキーシャオが皆を謀ったことは事実なのだから。

「ははうえしゃまー！」

翌日、子どもたちに会いに行くと、ジュンシーが駆けてきてシュンリュウに飛びついた。

聞き間違いでなければ、今、母上と……？

シュンリュウは思わず自分の桃色の頰を抓《つね》った。

「何をしている？」

「ジュンシーさまが母上と……。夢ではないかと思いまして」

「それでなんなのだ。その仕草は？」

「夢ではないことを確かめるために、頰を抓ってみるのです。痛ければ夢ではなく現実であると」

（うわ……高貴な方はこういうことはされないのか。ご存じないのだろうか？）

するとハオランはシュンリュウの頰を優しく抓ってきた。

「どうだ、痛いだろう？」

やんちゃな光が発散される黒い目、抱いていたジュンシーも父親の真似《まね》をしてシュンリュウの頰を小さな手でがばっと摑《つか》んでくる。

「どーだ、いちゃいだろー？」

「い、痛い、痛い、です」

うるうると泣けてくるのを我慢しながら、もちろん抓られたといっても優しく摘《つ》まれただけなので、痛みではなく、幸せな涙だ。

「そうであろう？　これは夢ではない。現実だ。離れている間にジュンシーももう二歳と半を迎えた。とてもよく喋るようになったのだ」

はは、とハオランは笑う。

「それにしても」

ふっと微笑んだ顔はどこか妖艶《ようえん》だ。

「本当に可愛いことをする……。それもそなたの素なのだな」

思わず庶民に戻ってしまったが、ハオランにそう言ってもらえるなどと思いもしなかった——。

「では、名前が決まったらすぐに知らせる。儀式は、子を抱いて私の隣に控えていればよいから心配するな」

「はい」

ジュンシーの目を盗んでそっと唇を奪われる。昼寝中だった、フェイロンとスイランの寝顔も堪能《たんのう》し、その後シュンリュウはそのまま隠し部屋へと戻った。数日後には行われる、皇帝へのお披露目に出るためだ。

ただし、キーシャオも、レンも、二人の子もともに。

「ハオランどのは何か、調べたことについて触れられたか？」

キーシャオが赤子を抱いて、シュンリュウの部屋にやってきた。

「いいえ、何も。こちらから訊ねることもしませんでした」

「そうか……御子の名は決まったのか？」

キーシャオは静かにそう言っただけだった。

「いいえ、まだ迷っておられました」

そうだ、とシュンリュウは目をきらきらさせる。

「キーシャオさまの赤ちゃんのお名前は決まったのですか？」

するると、キーシャオは赤子の頬をちょん、とつつき、今まで見たこともないような、今にも泣きだしそうな、幸せにあふれた顔をした。

「ああ、可馨《クゥシン》という。皆から愛される子になるようにと、レンが授けてくれた」

「とても素敵です！　キーシャオさまの御子ですから、きっと愛らしく美しい子になられますよ。ねえクゥシンちゃん」

「だからそれは、おまえ自身を褒めているのと同じだと何度言ったら」

クゥシンの桃のような頬に触れるシュンリュウに、いつものようにキーシャオが釘《くぎ》を刺す。二人は目を合わせて微笑み合った。そう、笑い合えるようになっているのだ。

だが、キーシャオはふと顔に昏《くら》い影を落とした。うとうとし始めた娘を、抱いてあやしながらも。

「親というものは、子どもの先に願いを込めて名づけてくれるものなのだな。シュンリュウ、おまえがそうだったように」

「え？」

急にどうしたのだろう。シュンリュウはクゥシンの顔から目を上げた。

「私は自分の名が嫌いだった。妃紗麻《キーシャオ》という、女でも通るようなこの名……男オメガだから、子を孕めと言わんばかりだと思っていた」

「そんなことはないと思います。キーシャオというのは高貴さを表す名ではありませんか。キーシャオさまの父上は、高貴な御方の子を孕み、立派な皇后となることを願われたのではないでしょうか」

「オメガは皇后にはなれぬ。それはファンでも、故郷のウーでも同じことだ」

シュンリュウは一瞬、言葉に詰まったが、キーシャオを包み込むように続けた。

「それでも、気高く美しい名だということに変わりはありません」

「……」

キーシャオはそれ以上、何も言わなかった。すやすやと眠ったクゥシンを揺りかごに寝かせ、ゆらゆらと揺らす。シュンリュウも黙っていた。ただ二人でクゥシンの寝顔を見つめていた。

ハオランさまの願い、そしてレンの願いが込められた名だ。きっと、この子たちは守られる。シュンリュウはそう信じた。

ハオランとシュンリュウ（キーシャオ）の第四子は、仔空《シア》と名づけられた。

「広い空へと、希望を想像させる名だ。第三皇子ゆえ、皇太子になることは難しかろうが、その分、自由に伸び伸びと生きていけと願いを込めて」

ハオランはどこか遠い目をしていた。ハオランは自分こそ、そう生きたかったのかもしれない。大陸を放浪していたという、かつての『蜜柑の君』がシュンリュウの心を過《よぎ》る。

「素晴らしい名を授けてくださってありがとうございます」

シュンリュウは心を込めて礼を言った。やはりハオランの授けた名が、自分の中で最上なのだ。

ハオランとシュンリュウは、キーシャオの部屋にいる。そしてキーシャオはシュンリュウの隠し部屋に籠《こ》もっている。閨だけでなく、完全に入れ替わっている状態なのだ。

事情を知っているキーシャオの侍女や側仕えたちも、入れ替わりに気づかないくらいだった。お互いの癖も性格も口調も、二人はもう知り抜いているほどに近しくなっていたのだ。数日のうちに皇帝へのお披露目が行われるので、このまま、そうしようと言ったのはキーシャオだった。

ハオランが会いたいと申し出たが、キーシャオは『これまでのこと、本当に申しわけありませんでした。相応の罰を受けるつもりでおります』という文を送っただけで、承諾しなかった。

「ひとことでいい。話をしたかったのだが」

ハオランは心なしか淋しそうだった。決して彼を責めるつもりでないことはシュンリュウにはよくわかったが……。キーシャオは覚悟を決めたその時まで、ハオランに合わせる顔がないと思っているのかもしれない。

「シアちゃん、父上が名づけてくださったように、大空に羽ばたいていくんだよ」

自分たち二人の面影を宿した四人めの我が子に、シュンリュウは心からそう告げた。

——そうして数日後。運命の日がやってきた。

名づけの儀式と、皇帝はじめ宮中へのお披露目だ。名づけの儀式は、父親であるハオランと神官たちだけで行われる。皇太子の子である印として、額に小さな朱をつけられ、純白の着物を着たシアが、ハオランとともに神殿から出てくればそれで終わりだ。

（みんな、ああやって皇太子の子として神託を受けたんだな……）

誇らしい、神々しい姿にシュンリュウは感動して涙ぐんだ。もちろんこの子たちが高貴な身分でなくとも、愛しいことは変わらないけれど。

シュンリュウはハオランからシアを託され、そのまま宮中の者が集う大広間へと移動する。その間も、ハオランはシュンリュウの背に優しく手を添えてくれていた。

儀式の時に男オメガが着るという、青地に牡丹《ぼたん》の刺繍《ししゅう》が施された衣装が重く、中衣も裾を踏みそうで怖い。ハオランはよく似合うと言ってくれたが。

「私がこれまで見てきた中で、そなたが最も美しく着こなしている。いや、そなたの美しさが衣装を引き立たせているのだ」

「そ、それは贔屓目《ひいきめ》です」

シュンリュウは謙遜《けんそん》したが、ハオランは大真面目だった。

「広間には、ジュンシーも、フェイロンとスイランもいる」

「えっ?」

生まれた御子のお披露目には、年端のいかぬきょうだいたちは同席しないものだと聞いていたが……?

不思議に思っても訊ねる間はなかった。目の前で大広間の扉が開け放され、皆が皇太子とその妃、そして御子の入場を待っている。さあ、すべてが裁かれる時が来たのだ。

気持ちを昂《たか》めてシュンリュウは挑んだ。だがハオランに続き大広間に入ると、シュンリュウは緊張で気が遠くなりそうになった。シアを抱いていなければ、本当にその場で気を失っていたかもしれない。

(どど、どうしよう)

それくらいに、大広間はまばゆく豪華絢爛《けんらん》だった。高い天井からはいくつものあでやかな灯籠《とうろう》が吊《つ》るされ、壁一面には、ファン国の歴史が描かれている。その奥の高床上の玉座に皇帝が座っている。皇太后は亡くなっているので、皇帝ただひとりだ。

(天子さま！)

シュンリュウが皇帝の顔を見るのはもちろん初めてだ。そのような人が本当に存在するなんて、ウー国の村にいた頃には想像もつかなかった。だが今、目前にいるその御方は愛するハオランの父であり、威厳がある中にも、穏やかで慈悲深さを感じさせる目をしていた。

ハオランと二人、シアを抱いて皇帝の前に膝をつく。ハオランが口上を述べ、教えられたように赤子を掲げると、皇帝は低く深みのある声で告げた。

「おお、立派な男子だ。ハオラン、キーシャオ、ご苦労であった」

その時だ。

「お待ちください！」

声とともに、クゥシンを抱いたキーシャオとレンが現れる。レンはウー国時代の警備兵の正装をしていた。

「なに……！」

皇帝が驚きの声を発する。

皇太子妃と同じ顔の者が、見知らぬ男を連れ、子を抱いてひざまずいているのだ。皇太子妃キーシャオが二人？　そしてあの男は何者だ。

皇帝だけでなく、集まった者たちも驚き、広間は騒然となった。

……あとから聞いた話だが、広間の警備の者には、ハオランが直前に根回しをしていたのだという。

『もし、我が妃と同じ顔の者が現れたら、かまわず広間へ通すように』と。

「これはどうしたことだ。いったい、何が起こっているのだ。そなたはやけに落ちついているが、事情を知っているのか」

皇帝は、矢継ぎ早にハオランに訊ねる。ハオランは平然として答えた。

「私からご説明する前に、この者たちに罰を与えぬとお約束ください」

（ハオランさま、真実にたどり着いておられるんだ……）

眉《まゆ》ひとつ動かさない落ちつき払った横顔を見て、シュンリュウはシアをぎゅっと抱きしめた。ここはハオランさまに任せた方がいいのだろうか……。胸がどきどきしすぎて痛い。

「罰だと？」

皇帝は片方の眉をつり上げた。

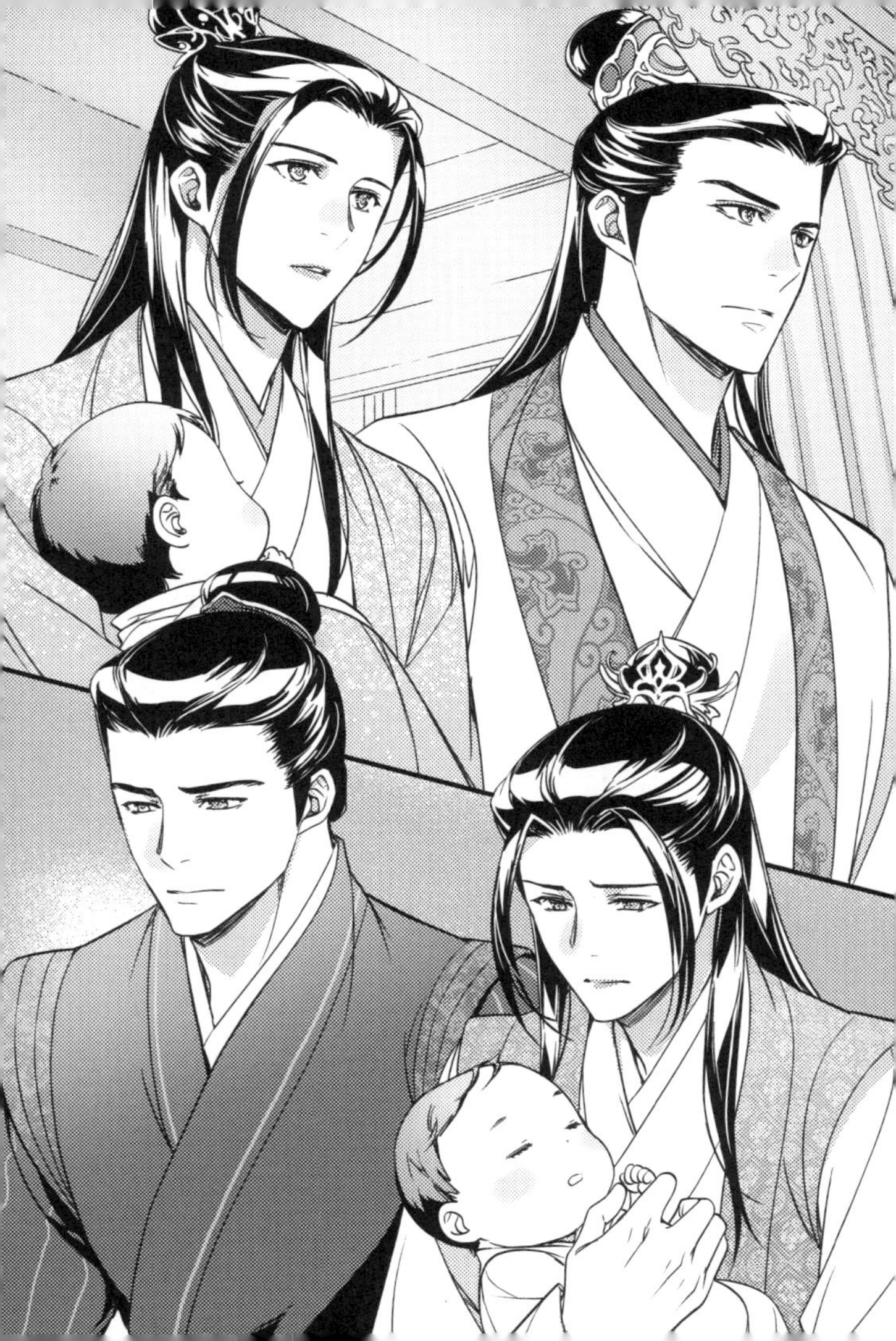

「それは謀があったということか？　それならば、ことの次第を聞いてみねばわからぬ」

皇帝と皇太子は——父と息子は互いを見据えた。

「皇帝陛下、私がキーシャオでございます。どうぞ私からお話しすることをお許しください」

キーシャオが頭を上げて口を開いた。シュンリュウもキーシャオの側に走り寄って同じようにする。

「では、そなたはなぜシアでない赤子を抱いているのだ。シアを抱いている者は誰だ？　その男は……！」

皇帝は混乱もあって、厳しく詰問してきた。

「キーシャオ、それは私から話そう」

「いいえ！」

ハオランの申し出に、キーシャオは激しく首を振った。シュンリュウもハオランを見上げ、唇をきっと引き結ぶ。

（キーシャオさまはご自分で告白されるのだ。僕はキーシャオさまに殉ずる……）

「お待ちください！」

レンだった。素早く皇帝の前に一歩進み出たかと思うと、ひざまずいたまま短剣を自らの首に当てた。

「皇帝陛下の御前で刃物を見せるとは何事！　捕らえろ！」

「レン！」

「待て！　捕らえるでない！」

皇帝の側近、キーシャオ、そしてハオランの声が錯綜《さくそう》する中で、レンは叫ぶように訴えた。

「悪いのはすべて私でございます！　天子さま、この命をかけて告白いたします。私はウー国時代からキーシャオさまに仕える者ですが、怖れ多くも私がキーシャオ妃を手籠《てご》めにしたのです。その子は私が産ませた子。キーシャオ妃にも、そこにいるシュンリュウにも罪はありません！　どうか私めに罰をお与えください。この場で喉《のど》を掻《か》き切ることが許されるならば……！」

「シュンリュウ？」

皇帝は訝《いぶか》しげに呟《つぶや》く。

「違う！　レン！」

皇帝の呟きをかき消すようにキーシャオが叫び、ハオランは、レンから短剣を奪い取った。

「すべての罪は私にあるのです。この者、レンは私を手籠めになどしたのではなく、私たちはウー国にいる頃から心を寄せ合っておりました。私たちは、愛し合ってこの子を授かったのです。怖れながら、私はレンに操を立て、ハオランさまと交わることを避けるため、そこなるシュンリュウに閨での替え玉を命じたのです。そして今、ハオランさまとシュンリュウは愛し合っています。二人に罪はありませぬ。私がシュンリュウの母親を人質にとって謀ったことなのでございます！」

「人質などではありません。私が母の病を助けてもらうのと引き換えに加担したことでございます。怖れながら……」

シュンリュウは息を呑み、一気に言葉を続けた。

「ジュンシーさま、フェイロンさま、スイランさま、そしてこのシアさま、皆、私がハオランさまを謀って産んだ子でございます。私は平民の身で替え玉でありながら、何も知らぬ皇太子殿下をお慕いし、平民の血が流れる子たちを産んだのです。ですが、子どもたちに罪はありませぬ。どうか、キーシャオさまの御子も一緒に、この子たちにはお慈悲を……！」

「ええ、父上、シュンリュウの産んだ子は確かに私が孕ませた子でございます。すべてを承知の上で、私はこのシュンリュウを愛していたのです」

ハオランは静かに訴えを結んだが、皇帝は次々と出てくる告白に、目を瞠っていた。

「と、とにかく、平民の身でありながら高貴なる皇統の血を汚した、シュンリュウとレンなる者には罰を……」

しかしながら、皇帝はどこか歯切れが悪かった。それに対し、ハオランはその様子を見抜いたような余裕を醸し出していた。ハオランは皇帝である父をも圧倒するような、厳かかつ重厚な口調で告げた。

「いいえ皇帝陛下、いや、父上、ここにまごうことなき真実がございます。その御方をこれへ」

扉が開き、その場に現れたのは、少々やつれながらも落ちついた感じの美しい女性だった。シュンリュウは信じられず一瞬息を呑み、そして叫ぶ。

「母さん！」

あれほど弱って死の淵《ふち》にいた母が、自分で立って歩いている。ハオランはシュンリュウに向かって優しくうなずき、シアを抱き取って「行きなさい」と促した。シュンリュウは母に駆け寄る。母もまた、涙の浮かぶ目でシュンリュウに腕を伸ばした。

「これなるご婦人は、シュンリュウの母御、ユイレンどのでございます。さて……」

「その女人が真実だと申すか？」

皇帝は厳しい目で、寄り添うシュンリュウとユイレンを見据える。

「はい」

ハオランは静かに答えた。

「キーシャオは、ウー国皇帝陛下の第二妃が産んだ子とされております。オメガに生まれた子は皇位を継ぐ権利がないために、こうして私の許に嫁いできました。だが私は、閨でのキーシャオと昼間のキーシャオに違和感を抱き、キーシャオの出自をもう一度、丹念に洗い直しました。そしてたどり着いた真実は、キーシャオはシュンリュウの母御、ユイレンどのが産んだ子。つまり二人は双子なのです」

だから同じ顔をしているのか——広間内がどよめき、皇帝は真剣な顔で息子の話を聞いている。

「双子……？　僕たちが？」

シュンリュウとキーシャオは顔を見合わせた。レンは魂を抜かれたように呆《ほう》けている。

ユイレンは静かにうなずいた。ハオランの話は続く。

「ユイレンどのは、かつてウー国の宮廷で女官として仕えておられた。そしてウー国皇帝陛下の目に留まり、二人を産んだのです。だが、ユイレンどのは宮廷勤めの女官とはいえ、貴族としての地位は低く、母とは認められなかった。その上、ウー国では双子は不吉だとして、赤子たちは引き離されたのです」

双子はともに男オメガだったので、ひとりは宮廷に残されることになった。

ハオランの話は淀《よど》みなく続く。どちらを残すのか……それは、皇帝が目隠しをしてキーシャオの方を選んだのだという。なんの根拠もなく、それだけのことで双子の運命は分けられてしまった。

「こうして、ユイレンどのとシュンリュウは宮廷を追われました。ユイレンどのに決して秘密を口外しないようにと誓わせ……。口外したならばキーシャオの命はないと脅されたのです。因《ちな》みに、父上、この話を明らかにすることは、ウー国の皇帝陛下に承諾を得ております。陛下はユイレンどのを愛していたが、周囲に逆らえなかったと告白されました。そして、ユイレンどのと双子たちを引き裂いたことを認められたのです。その上で、すべての沙汰は我が国に任せると」

ユイレンはキーシャオを見て、袖口で涙を拭った。キーシャオはクゥシンを抱いたまま、ユイレンを見つめている。

「母さん……」

シュンリュウは母の肩をぎゅっと抱いた。未《いま》だ驚きの方が大きいが、キーシャオときょうだいであったということが、ふわふわと温かな感情で湧き上がってきていた。

皇帝は口を噤んでいた。衝撃を受けているというよりも、もっと神妙な感じで沈黙している。ハオランはその沈黙を静かに破った。

「……そして私の母も身分の低い女官でしたね、父上」

「知っていたのか……」

「はい、第一皇子でアルファだったがゆえに、産みの母と引き離され、残されて皇太子となりましたが、育ての母にすべてを聞かされました。私も、キーシャオとシュンリュウと同じなのです」

皇帝は深く息をついた。

「いかにも、そなたの母は宮廷を追放された……いや、今更何を言ったところで言い訳にしかならぬが、ウー国の陛下と同じく、私はそなたの母を愛しく思っておったのだ……」

「身分や三性に翻弄《ほんろう》されて、それでも人は愛し合うのです。私はシュンリュウを心から愛しております。先ほど申し上げたように、最初からキーシャオとの違和感を覚えておりました。だが、健気《けなげ》に尽くしてくれるシュンリュウが、ただ愛しかったのです」

「ハオランさま……」

シュンリュウは涙があふれて言葉にならない。ハオランは優しく微笑み、その顔でキーシャオとレンも包み込んだ。

「レンもまた、キーシャオの側近く仕える者でした。そして、ユイレンどのとウー国の皇帝陛下も、そして父上と、私を産んでくれた母も。……母は今もどこかで父上を想っていることでしょう」

ハオランは静かに結んだ。

「まことに、私は、人とは愚かなものだな……」

皇帝は答える。

「抗えぬ愛を前に、三性や身分に屈してしまうのだから」

被っていた礼冠から下がる、五色の珠《たま》が揺れている。礼冠の下、皇帝はうなずいているようだった。小さいけれど、何度も、何度も。過去を振り返っておられるのだろうか……

シュンリュウは想った。

やがて、皇帝の言葉を待つ静寂を破るように、シアが泣きだした。すると釣られるようにクゥシンも泣きだす。二人の赤子の泣き声に、皇帝は玉座から立ち上がった。

「赤子の泣き声には抗えぬ。腹が空《す》いているのではないか？　早く世話をしてやるがよい。よって、この場はこれで開きといたす」

「皇帝陛下、我々への沙汰は……」

思い詰めた表情でキーシャオが訊ねると、皇帝はハオランと目を合わせ、そして穏やかに告げた。

「沙汰は、追って知らせることとする」

皇帝の退室を見送ったあと、泣いている赤子を抱くシュンリュウとキーシャオに、ハオランは笑顔で告げた。

「皆、私の部屋へ行くとよい。ユイレンどのも、レンも。乳母たちをすぐにつかわそう」

「皇太子殿下、私は、この場で成敗されても仕方のない身でございます。もとより、その覚悟で……！」

訴え出たレンを、ハオランは静かに制する。

「先ほど皇帝陛下が仰せになったであろう。沙汰は追ってと。今は皆と一緒に下がるがよい。周囲は人払いをしておくゆえ、ゆるりとな」

「……御意」

レンは深く頭《こうべ》を垂れ、ハオランは「私は行くところがある」とシュンリュウに告げた。

（きっと、皇帝陛下と話し合いをされるんだ……）

不安を抑え込み、シュンリュウは気丈に答えた。ここまでくれば、ハオランを信じるのみだ。

「はい、ハオランさまのお部屋で待っています」

そうして皆はハオランの部屋へと向かった。

替え玉の秘密を知っている、かねてからの乳母や女官がすでに待っており、乳を与えてもらえるように、シュンリュウとキーシャオは赤子たちを託す。

最初に涙を堪えられなくなったのは、ユイレンだった。

「ああ、キーシャオさま。ご立派になられて……あなたさまを忘れたことは一瞬たりともございません。シュンリュウの顔を見るたびに、どうしているだろうかと心配で、心配で……」

「あなたが私の母上なのですね」

キーシャオは震える手でユイレンの細い肩に触れる。

「はい。キーシャオさまもシュンリュウも、私が産んだ子にございます」

そしてシュンリュウとキーシャオは顔を見合わせる。今更ながら、まるで鏡を見るようだ。

「僕たちがきょうだいだったなんて」

「似ているはずだ」

キーシャオは苦笑した。

「おまえを見つけた時に出自を洗い出していれば……。だが、どこの誰かとわからぬ方が都合がよいと思ったのだ。許せ、シュンリュウ」

「でも、キーシャオさまは、僕たちの母さんを助けてくれました。こんなに元気になって……。会いたかった……母さん」

「シュンリュウ……！」

二人はしっかりと抱き合う。運命というにはややこしすぎる回り道をしてしまったが、やはりその言葉でしか言い表せない。きっと、こうしてすべてが明るくなる日が待っていたのだ。

キーシャオが準備してくれた施療院で、ユイレンは十分な看護と薬、治療のもと、徐々に回復していったのだという。こうして頬に赤みも差し、自分で歩けるほどに体力も戻った。

「キーシャオさまのご配慮だったのですね。本当にありがとうございます」

「いや、母上を盾にしてシュンリュウに替え玉を迫ったのですから、礼を言われるなど、もったいないことです。それよりも、親子とわかったのですから、言葉も気軽に、どうぞキーシャオとお呼びください。シュンリュウと同じように」

「ねえ、母さん、どちらが兄でどちらが弟なの？」

シュンリュウが訊ねると、ユイレンは柔らかく微笑んだ。

「シュンリュウが兄で、キーシャオさまが弟なのです」

「私が弟？」

「僕が兄さんなんだ！　あれ、キーシャオさま何か不服そう」

「そんなことはない！　……それよりも母上、キーシャオとお呼びください」

「あっ、今、ごまかしましたね」

「そんなことはないと言っただろう！」

「今更、どっちが兄でどっちが弟でもよいではないですか」

「そんなこと、おまえに言われずともわかっている！」

キーシャオが少しムキになっているのは明らかだった。ユイレンは微笑みながら、控えていたレンに話しかける。

「あなたがキーシャオさまのお相手、御子の父上なのですね」

「キーシャオですっ！」

すかさず指摘が飛ぶ。弟だったと拗ねたことといい、キーシャオは本当に変わったなと
シュンリュウはにこにこと見守る。

「はい、レンと申します。家臣の身でありながら、キーシャオさまを愛してしまいました。

そのためにキーシャオさまやシュンリュウを危険に晒《さら》し、本当に申しわけないことをいた

しました」

「二人の息子が、このように愛し愛される方に巡り会い、私は嬉しいのです。レンどの、そしてハオランさま、私の息子たちを愛してくださってありがとうございます」

「母さん……」

「母上……」

「ユイレンどの……」

「あのように、愛らしい御子も授かって」

万感こめて、ユイレンは三人に答える。

「僕は、他に三人、ハオランさまの御子がいるんだよ」

シュンリュウは幸せを隠し切れない顔で告げる。

「まあ、では四人も？　それは子だくさんだこと！」

ユイレンは目を見開き、驚いている。

「まだ増えると思いますよ。ハオランどのとシュンリュウの子は」

「キーシャオさまとレンの子だって増えますとも」

シュンリュウがキーシャオに答え、ふっとその場は静かになった。思いもしなかった幸せに浮かれていたが、迫りくる現実に、皆が我に返ったのだ。

自分は、ウー国皇帝陛下の息子だった。だが、周囲を謀ったこと、そしてキーシャオが姦通の罪に問われることは消しようのない事実なのだ。だが、だが……。

「僕は、ハオランさまを信じる」

シュンリュウは噛みしめるように言った。皇帝陛下も、ご自分の思いを噛みしめておられたから。

だが、キーシャオは何も言わない。レンは項垂《うなだ》れ、ユイレンは二人の息子の肩を抱き寄せた。

「どうか、愛し合う者同士が、親と子が引き離されることがありませぬように」

＊＊＊

いくつか季節が巡った。

ここ、ファン国の皇太子、ハオランの部屋の前には梅が咲き誇り、周囲に甘い匂いを届けている。

せる。

「ははうえ、みて！」

ハオランの第一子、ジュンシーは四歳になった。手習いの紙をきらきらした目で母に見
「せんせいに、ほめられたの」

「わあ、すごく上手！　ジュンシーさま、これは父上にも見てもらわなくてはね」

シュンリュウは下腹を撫でていた手で、ジュンシーの髪を柔らかくかき混ぜる。

「ちちうえ、すごいぞって、いってくださるかな？」

「きっとたくさん、言ってくださるよ」

ハオランの笑顔が目に浮かぶようだ。ジュンシーに笑いかけた時、庭から「えーん」と
いう泣き声が聞こえてきた。

「シュンリュウさま、フェイロンさまがお庭で転ばれて……！」

女官が三歳の双子、フェイロンとスイランを慌てて連れてくる。

「本当に申しわけありません！」

「大丈夫、そんなに気にしないで」

女官に優しく声をかけ、庭に下りたシュンリュウは「どれどれ」とフェイロンの膝小僧
を覗き込んだ。衣服が薄破れして、微《かす》かに血が滲んでいる。

「いたいよ。　ははうえしゃまぁー」

「これくらい、だいじょぶよ。フェーロンのよわむち！」

泣いているフェイロンを隣で叱《しか》っているのは、フェイロンの双子の妹、スイランだ。ハオランの凛々《りり》しい面立ちを受け継ぎ、勇ましい女の子に成長している。

「スイラン、弱虫なんて言ってはだめだよ」

シュンリュウが優しいながらもきりっと諭すと、スイランは「ごめんなしゃい、ははうえしゃま」と答えたあとに、苺《いちご》みたいな唇を、ツンと尖らせた。

「スーランは、ころんでもなかないもんっ！」

気の強い妹に、勇ましい名と違って、穏やかで泣き虫な兄だ。だが、そんな双子がいたっていい。自分とキーシャオがそうだったように。

「フェイロン、泣かないで。母上が傷を洗って、お薬を塗ってあげるよ」

そうして、フェイロンの手当てをしたり、スイランをなだめたり、ジュンシーの手習いを見たりとばたばたしていたら、もうすぐ二歳になる末っ子のシアが起き出して、シュンリュウの後追いをする。

本当に子どもは聡《さと》いものだ。シュンリュウがハオランの五人めの子を孕んでからというもの、突然にシアの後追いが始まったのだから。

「はーは、はーは」

「母上はここにいるよ、どこにも行かないから、シア」

シアより上の子どもたちは、シュンリュウがまだ替え玉妃であった頃に孕み、この時期は養育係に育てられていたので、後追いは初めての経験だ。大変だけれど、子どもたちに囲まれ、伴侶《はんりょ》に、いや、番のハオランに愛されて、シュンリュウは幸せを謳歌《おうか》している。

——シアのお披露目が行われ、替え玉妃の事実を告白して二年。皇帝の沙汰は、温情にあふれるものだった。

『何も心配しないで、私を信じて』

ハオランの言った通りだったのだ。

シュンリュウは罪に問われず、ウー国皇帝の血を引くこともあって（尤も、ハオランはシュンリュウの出自など問わないと主張していたが）、正式に皇太子ハオランの妃となった。

そう、キーシャオと代わって——。

キーシャオの姦通の罪は、見過ごされることはできなかった。通常、皇妃の姦通は死罪だ。だがハオランの嘆願と、皇帝自身の思いもあり、キーシャオとレンはファン国の辺境へ追放となった。

家族の命は守られたのだ。シアと同い年のクゥシンもすくすくと育ち、時折交わされる文からは、三人が幸せであることが伝わってくる。レンは国境で働き、キーシャオはクゥシンを育てながら、畑仕事をしているのだという。先日の文には、よい蕪《かぶ》が採れたと書いてあった。

（キーシャオさまが蕪の泥を洗っているところは想像できない……）

僕は今でもやれるけど。シュンリュウはふと考える。もし僕も蕪を育てたら、キーシャオさまはどっちが大きい蕪を収穫できるか、対抗意識を燃やしそう。

そんな想像も幸せだ。

二人の母、ユイレンはウー国の施療院を出て、ここファン国の宮廷で暮らすことになった。実は、ウー国皇帝からのお召しもあったらしいのだが……。ユイレンは後宮で暮らすことを選ばなかった。

『私は、息子の側で、いつまでも皇帝陛下のお幸せを祈っております』

と、文を添えて。

やがて、ばたばたと子どもたちとの一日が終わり、皆、健やかに眠りについた。

ハオランはここのところ多忙を極めており、昼間、子どもたちに会えないこともしばしばだ。現皇帝は生前退位を決め、ハオランは近日中にも、皇位を継ぐことになっている。

シュンリュウは皇后になるのだ。男オメガの皇后誕生は、ファン国では異例のことだったが、ハオランは後宮の様々な改革の一環として自ら実践し、現皇帝も許した。

すべて、愛ゆえに。

『この忙しさが済んだら、そなたと子どもたち、義母上《はは》も皆で、春の柳を見に行こう』

ハオランはそう言っていた。春の柳。シュンリュウの名となったその景色を、ハオランは愛してやまないのだ。

シュンリュウは、閨にそっと身を横たえた。

もうすぐ、ハオランが訪れる。

ハオランは後宮に他の妃を持たない。皇帝の沙汰があった夜に、シュンリュウはハオランにうなじを噛まれ、二人は番になった。そして今宵《こよい》も、宿った五人めの命を労《いたわ》りながら、愛を確かめ合うのだ。

(また双子のような気がする……。フェイロンとスイランを身籠った時と似てる感じがするから……)

そうすれば、子どもたちは六人だ。

ハオランの訪れを待ちながら、シュンリュウはそんな思いを巡らすのだった。

それからの日々

黄国《ファン》の西の辺境に、ハンという村がある。

ファン国の都、陽安《ヨウアン》から遠く離れたここは、時も、人も、放牧されている羊たちもみな、ゆったりとしている。ヨウアンの宮廷で暮らしていた頃は、とある事情で毎日気を張り詰めていた。こんなにも穏やかな日々があるなどと知らなかった。キーシャオは高く青い空を見上げる。この空は、遥《はる》か、兄夫婦と母が暮らす宮廷まで続いているのだ。

「おかあちゃま」

二歳になった娘のクゥシンがキーシャオを呼ぶ。手には小さな紫色の花を握っている。

「きれーね」

「本当だ。すごくきれいだな」

キーシャオは泥のついた手を払い、膝《ひざ》をついて、愛してやまない娘と目を合わせる。

「おかあちゃま、おかお！」

クゥシンが、キーシャオが首に巻いていた木綿の布で頬《ほお》を拭《ぬぐ》ってくれる。畑仕事をしていたから、顔に土がついていたのだろう。

「ありがとう、クゥシン」

キーシャオがにっこり笑って礼を言うと、クゥシンは紫の花を握ったまま抱きついてきた。野の花の微《かす》かな香りが鼻腔《びこう》をくすぐる。

「おかあちゃま、きれい、きれい、だいしゅき！」

「私もクゥシンが大好きだ」

「どえくらい？」

クゥシンがキーシャオをきれい、きれいと称するのはレンの影響だ。そして、クゥシンに大好きだと言うと、彼女は必ずこう訊《き》くのだ。キーシャオは両手を大きく広げてみせる。

「これくらい！」

「もっと、もっと、どえくらい？」

「そうだな、この空いっぱいくらいだ！」

愛娘《まなむすめ》はきゃーっと喜びの声を上げて、キーシャオは広げた両手で小さな背中をぎゅっと抱きしめる。心が温かいもので満たされて、泣きたくなるような思いが湧《わ》き上がってくる。誰《だれ》かを抱きしめる、抱きしめられるということを教えてくれたのは、夫のレンと、双子の兄のシュンリュウだ。

（幸せだ……）

その温かいものの名を知った。だが、キーシャオは今でも自分が置かれている状況が信じられなくなることがある。

皇子として生まれ、子を産むために隣国に嫁いだ。絹の衣を着て、優雅に扇を使っていた。髪はいつも美しく結い上げられて珊瑚《さんご》の飾りをつけていた。そして唇には男オメガの印である朱をつけて。多くの女官にかしずかれ、絵付けの見事な食器で食事をとり、香り高い茶を飲んでいた。だが、それを幸せだと思ったことはない。

それが今はどうだ。袖の短い麻の着物に木綿の前掛けをつけ、裸足《はだし》に草履で畑仕事をしている。髪はざっくりとまとめ、日に焼けたとも思う。子どもだって本来は苦手だった。

青い空、そよ風、優しく流れる時間に、愛する夫と可愛《かわい》い娘と——。クゥシンに恵まれ、キーシャオは初めて自分が男オメガであってよかったと思ったのだ。自分の命よりも大切なものをこの身体《からだ》で育み、産み出して。

(いろいろあった……シュンリュウも巻き込んで……)

生き別れていた双子の兄に思いを馳《は》せる。互いに出自を知らなかったとはいえ、彼には詫《わ》びきれないほどの迷惑をかけた。だが、シュンリュウは言うのだ。

『僕もハオランさまに巡り会えて、たくさんの御子に恵まれて幸せなのだから、それでいいではありませんか』

双子だとわかっても、二人の互いへの口調は直らない。直そうと試みたことはあったものの、二人とも笑い合って諦《あきら》めたのだ。

日が少しずつ傾いてきた。今日は良い蕪《かぶ》が採れた。レンの好物だ。汁の具にしよう。

そんなことが楽しみで、嬉《うれ》しくて、キーシャオはクゥシンと手をつなぎ、茜色《あかねいろ》に染まり始めた空を見ながら帰途についた。

「美味《うま》い！」

蕪を煮た汁を口にして、レンは満面の笑みをキーシャオに向けた。

「うまー！」

父の口調を真似《まね》するクゥシンを優しい目で諫《いさ》め、キーシャオはほんの少し頬を赤らめる。

「そうか？」

「本当に、キーシャオさまの飯はどんどん美味くなります。いや、最初から美味かったけれど」

「キーシャオと呼べと言っているだろう？」

今度は夫を優しく諫める。レンもまたこれまでの話し方が抜けないのだ。

「あっ、すみません、キーシャオさま……じゃない、キーシャオ」

レンにとってキーシャオは今も、何度諦めようとしてもできなかった、雲の上の皇子なのだ。キーシャオはレンの思いをわかっていたが、やはりごく当たり前に呼ばれたいのだ。キーシャオと。

夕餉《ゆうげ》のひとときだ。畑で採れた旬《しゅん》のもの、レンが魚や、鹿や猪《いのしし》の肉も採ってきてくれるので、塩漬けにしたものは蓄えてあるし、クゥシンと摘《つ》んだ山菜や野草もある。シュンリュウに教えてもらい、ナツメも干した。そして、王都の兄とその番《つがい》からは、折々の便りに添えて、菓子などが送られてくる。十分な食生活だとキーシャオは感謝している。

食など、食べられればそれでいいと思っていた。宮廷の膳《ぜん》は、それこそ山海の珍味や豪華な食材が並んでいたが、美味いと感じたことがあっただろうか。だが今、レンやクゥシン、そして自分のために食をこしらえることが楽しい。二人のほころぶ顔を見るのが嬉しくてたまらないのだ。

『キーシャオさま、煮炊きをされたことはあるのですか？』

『ない。だが、おまえにできて、私にできないことがあると思うか？』

この地に来る前、シュンリュウに心配されたけれど、まったくの杞憂《きゆう》だった。それどころか、毎夜、ささやかながらこんなにも幸せな卓を囲んでいる。

食事を終え、片づけをしている間にクゥシンはうとうとと眠ってしまい、レンが寝床に運んで子守唄を歌っているのが聞こえてきた。二人の故郷であるウー国に古くから伝わる子守唄だ。

この狭い空間がキーシャオは好きだった、どこにいても夫と娘の気配がして、それこそ幸せが詰め込まれていると思うのだ。

片づけを済ませて前掛けで手を拭《ふ》いていると、背後から抱きしめられ、その手を取られた。レンの手が、キーシャオの手をさする。

「こんなに荒れてしまって……本当に美しい、白魚のような手をしていらしたのに」

申しわけなさそうにレンが告げる。キーシャオは笑った。

「私は今の、この手の方が好きだ。おまえはそう思ってくれぬのか？」

答えの代わり、握られていた手の指を絡められる。顎《あご》を掬《すく》い上げられ、唇を奪われる。

「レ……ン」

「キーシャオ……さま……」

そこに愛娘が眠っているのに、激しく口づけ合うことをやめられない。もうひとり子が欲しいけれど、いたいけな娘の側《そば》で睦《むつ》み合うことに抵抗があるのだ。だが、今夜はもう――。

レンに抱き上げられる。レンの肩口に顔を埋《うず》め、キーシャオは甘い吐息とともに言った。

「声は、抑えるゆえ――」


ちょうど同じ頃――。

ファン国の王都、ヨウアンの宮廷では、子どもたちの寝室で追いかけっこが行われていた。

「ジュンシーさま、こらっ！」

「やーだ、まだねないもーん」

四歳になった長兄のジュンシーに続き、三歳の双子たち、スイランとフェイロンも母の傍らをすり抜ける。二歳のシアを抱っこしているから、両手が塞《ふさ》がっているのだ。

「ねんねしないもーん」

「……ちないもー……ん」

スイランに続きながらも、フェイロンは睡魔と戦っているようだ。子どもたちに囲まれて立っているシュンリュウの腕の中では、シアがくうくうと気持ちよさそうな寝息を立てている。追いかけっこをしている間に、抱っこしていたらそのまま眠ってしまった。

「ちちうえがかえってくるまで、ねないもん！」

ジュンシーがはっきりと宣言する。

皆、ハオランに会いたいのだ。皇帝になってからというもの、ハオランはまさに多忙を極め、子どもたちが起きている時間に部屋に戻ってくることは少ない。シュンリュウもハオランの身体が心配だ。

だが、頑健なアルファのハオランは多忙など平気らしい。それよりも子どもたちに会える時間が減ってしまったことを嘆いている。

『もちろんそなたにもな。シュンリュウ』

言葉とともに与えられる口づけ……シュンリュウだとて、家族でゆっくりと過ごす時間が欲しい。もちろん、ハオランと二人だけの時間も……。

（ハオランさま……）

甘い妄想に傾きそうになって、シュンリュウは我に返る。ハオランの帰りを待っていたら、それこそ日をまたいでしまい、子どもたちの睡眠時間が短くなる。だから、せめてハオランに、子どもたちの可愛い寝顔を見せてあげたいのだ。

とにかくシアを床《とこ》に下ろしてやらねば。シアの床の隣には小さな揺りかごが二つ。女官がその中で眠る赤子たちを見守ってくれている。シュンリュウが孕《はら》んでいたのは、やはり双子だったのだ。

手をばんざいして眠っている二人の女の子は、美麗《メイリン》と香麗《シャンリー》と名づけられた。二人はシュンリュウにそっくりで、スイランとはまた違う美人になるぞと、ハオランは今から三人を嫁がせる日を思うと泣けてくると言っている。

「ねないもーん」

シュンリュウが双子たちに微笑みかける間も飛び回っているジュンシーとスイラン、だがフェイロンはついに睡魔に負けて、自分の床に潜り込んだ。

「あっ、だめでちょ、フェーロン！」

スイランがフェイロンを起こそうとしたその時だった。

「……こんな夜中まで起きているのは誰だ？　山奥の鬼の住処《すみか》に連れていってしまおうぞ」

籠《こ》もった迫力のある声音が、戸の向こうから聞こえてくる。ジュンシーとスイランは一瞬、びくっとしたが、すぐにその声の主を見破った。

「ちちうえ！」

「おとうちゃま！」

「ハオランさま！」

シュンリュウまで子どもたちに続いてしまった。部屋に入ってきたハオランは、広い胸と腕で、三人をしっかりと抱きしめる。

「ぼくね、ちちうえがかえってくるまでねないってきめてたの！」

「スーランも！」

「それは嬉しいが、母上を困らせるのはよくないな」

ハオランはシュンリュウの乱れた前髪を撫《な》でつける。六人の母となった今も、シュンリュウは未《いま》だに、ハオランにさりげなく触れられて頰を染めてしまうのだ。

そうしてハオランはジュンシーとスイランの床の間に横たわり、二人が大好きな話を物語って聞かせる。ハオランの初陣の話だ。初めはわくわくして聞いていた二人も、やがてまぶたが重くなり、ほどなく眠りの国へといざなわれていった。

「申しわけありません、政務でお疲れなのに、子どもたちの寝かしつけまで……」

「いや、今日の疲れも吹き飛んで癒《い》やされたぞ……私こそ、子どもたちのことを任せきりですまない」

女官たちが灯《あか》りを消し、辺りはすっと暗くなる。二人で御簾《みす》をくぐり、シュンリュウはハオランが着替えるのを手伝った。

「湯を使われますか？」

「いや……」

ハオランの声は男の艶《つや》を含んでいた。アルファに耳朶《じだ》の近くでこんな声で囁《ささや》かれると、オメガは腰が砕けそうになってしまう。特に、番の二人であればなおのこと。

互いに白い夜着姿になって、閨《ねや》にもつれ込む。もともと身体にゆるく巻きつけていた程度だった夜着は、するするとシュンリュウの身体からほどけていく。

「あ……ハオランさま……」

腕に抱えられ、喉《のど》を仰《の》け反《ぞ》らせてハオランの唇を受けながら、シュンリュウは胸を突き出してしまう。やがて尖《とが》ったその先に唇が下りてくることを期待するだけで、オメガの愛の液が脚の間を濡《ぬ》らしてしまうのだ。

「今宵《こよい》も、そなたに包み込まれたい……」

触れられるのを待っていた乳首を甘嚙《あまが》みされて乞《こ》われる……シュンリュウは夜着の上に組み敷かれ、鎖骨に触れるハオランの黒い髪をかき混ぜていた。

「ああ……僕も……僕を、ハオランさまでいっぱいにしてくださ……い」

肌を合わせただけで芯《しん》をもった、二つの屹立《きつりつ》が擦《こす》れ合う。逞《たくま》しいものと、凜《りん》としながらも可憐《かれん》なものと。

ハオランの指が愛の液を掬う。そこを指で優しくほぐされて夢見心地のシュンリュウは、ふっと笑みをみせた。

「どうした？」

「いえ……不思議だと思って……や、ぁ」

シュンリュウは甘い声で語る。漏れた吐息は、ハオランの唇が吸い取っていった。

「僕は、ここを、数え切れないくらい……に、ハオランさまに、愛していただいているのに……ん……ぅ……自分では、そこを、見たことがないのだな……って」

「教えてやろう」

ハオランはシュンリュウの腰を片手で持ち上げ、ゆっくりとなかに入ってきた。雄の先端で入り口を擦られて、シュンリュウは身体を震わせる。

「おまえのここは、芙蓉《ふよう》の蕾《つぼみ》のように美しく、愛らしい。そのくせ淫《みだ》らな液をあふれさせて私を虜《とりこ》にしてしまうのだ……」

「んっ！」

ハオランは一気にシュンリュウのなかを貫いた。なかの襞《ひだ》が悦《よろこ》んで、一斉にハオランの雄に絡みつく。

「シュンリュウ……もう少し、ゆるめて、くれぬか……？」

「無理、です……身体が、言うことを、聞いてくれな……ああ、悦《よ》い、悦い……」

二人は互いに雄と襞を擦り合い、相手への愛と快感を貪《むさぼ》った。やがてハオランはシュンリュウのなかに精を放ち、二人は零《こぼ》すまいと抱きしめ合う。
また子ができるやもしれないが、それはまた、後の話――。

あとがき

ラルーナ文庫さまでは四冊めの本になります。はじめまして、またはこんにちは。墨谷佐和です。

さて今回は子だくさん再び！　そして舞台は中華風な世界観。調べることが多かったですが、キャラの名付けが楽しかったです。すごく素敵な名前が多くて……！

そして今回も、替え玉はアリとして、それが閨だけの替え玉というトンデモ設定を、担当さまが受け入れてくださいました。「面白くなりそうです！」と背中を押していただき、とても楽しく書くことができました。

最終的に「楽しかった」と思える原稿でも、途中で苦しんだり、悩みすぎて投げ出したくなることが多々ですが、本書はそういうことがなく、著者校を読み直していても「何これ、すごく面白いやん！　誰が書いたんや、あ、私か」と舞い上がっていて……笑。

バレそうになるハラハラ感、キーシャオがだんだん変わっていく様子、シュンリュウとハオランの甘いらぶらぶな時間、ハオランの無頼感、最後に明かされる真実、そしてどんどん生まれる子どもたち！　とりあえず六人で、またもしかしたら……？

拙作『オメガ王子とアルファ王子の子だくさんスイートホーム』の、アールとライに並んだかかな。こちらも本作に負けない子だくさんですので未読の方はぜひ。ラルーナ文庫さまより、電子書籍ともに絶賛発売中でございます。（突然の宣伝、失礼しました）

イラストは、ラルーナ文庫で三回目、お世話になりましたタカツキノボル先生です。今回のカバーもとっても美麗で幸せ感にあふれています。シュンリュウとハオランが素敵なのはもちろん、子どもたちがとっても可愛い！　蜜柑がいっぱいなのも嬉しかったです。タカツキノボル先生、本当にありがとうございました。

最初はオメガバースが苦手だと感じていた私が（マジです）こうしてまたオメガバースをお届けすることができて本当に幸せです。お読みいただき、本当にありがとうございます。どうぞ皆さま、心身ともに健やかに。また次の本でお会いできますように。

二〇二四年　六月　今年植えた紫陽花の開花を楽しみに待つ頃

墨谷佐和

本作品は書き下ろしです。

ラルーナ文庫

この本を読んでのご意見・ご感想・ファンレターなどお待ちしております。〒110-0015 東京都台東区東上野3-30-1 東上野ビル7階 株式会社シーラボ「ラルーナ文庫編集部」気付でお送りください。

無頼《ぶらい》アルファ皇子《おうじ》と替《か》え玉妃《だまきさき》は子《こ》だくさん

２０２４年９月７日　第１刷発行

著　　　者｜墨谷《すみたに》 佐和《さわ》
装丁・ＤＴＰ｜萩原 七唱
発　行　人｜曺 仁警
発　行　所｜株式会社 シーラボ
〒110-0015　東京都台東区東上野3-30-1　東上野ビル7階
電話　03-5830-3474／FAX　03-5830-3574
http://lalunabunko.com
発　売　元｜株式会社 三交社（共同出版社・流通責任出版社）
〒110-0015　東京都台東区東上野1-7-15
ヒューリック東上野一丁目ビル3階
電話　03-5826-4424／FAX　03-5826-4425
印刷・製本｜中央精版印刷株式会社

　ISBN978-4-8155-3297-0